长沙 一座侠骨柔情的城

三地作家看长沙

长沙市文学艺术界联合会 编

黄河出版传媒集团
阳光出版社

图书在版编目（CIP）数据

长沙 一座侠骨柔情的城：三地作家看长沙 / 长沙市文学艺术界联合会编. -- 银川：阳光出版社，2019.9
ISBN 978-7-5525-5011-5

Ⅰ.①长… Ⅱ.①长… Ⅲ.①散文集－中国－当代 Ⅳ.①I267

中国版本图书馆CIP数据核字(2019)第196428号

长沙 一座侠骨柔情的城：三地作家看长沙

长沙市文学艺术界联合会 编

责任编辑	申 佳
封面设计	赵 倩
责任印制	岳建宁

黄河出版传媒集团
阳光出版社 出版发行

出 版 人	薛文斌
地　　址	宁夏银川市北京东路139号出版大厦（750001）
网　　址	http://www.ygchbs.com
网上书店	http://shop129132959.taobao.com
电子信箱	yangguangchubanshe@163.com
邮购电话	0951-5014139
经　　销	全国新华书店
印刷装订	宁夏凤鸣彩印广告有限公司
印刷委托书号	（宁）0014785

开　　本	787mm×1092mm　1/16
印　　张	8
字　　数	85千字
版　　次	2019年9月第1版
印　　次	2019年9月第1次印刷
书　　号	ISBN 978-7-5525-5011-5
定　　价	46.00元

版权所有　翻印必究

目录
CONTENTS

 长沙

故乡的年俗 / 汤素兰 / 003

辣椒里的乾坤 / 唐樱 / 007

喜欢背诗的童鹤皋 / 宋元 / 011

田汉：骨子里的豪情 / 纪红建 / 014

穿越历史的记忆 / 嫣青 / 018

回廊挂落里的西园北里 / 曹志辉 / 022

在西园北里，思考人生重大命题 / 郭晓燕 / 026

月下花开，可缓缓归矣 / 贺予飞 / 031

你日久经年的岁月，不过这个城市的沧海一粟 / 惊蛰 / 034

长沙，一座侠骨柔情的城 / 杨莉 / 041

书香定王台 / 张光宇 / 045

 武汉

水北去人往南 / 李鲁平 / 051

此间有草木 / 侯国龙 / 056

三江笔会，长沙之美 / 蓝九九 / 060

爱情之城 / 张柳 / 064

传承与发展 / 张海 / 069

长沙的沙 / 张萌 / 073

邂逅长沙 / 董啸 / 077

岳麓山畔会故人 / 杨帆 / 083

鱼骨的记忆，或心脏的跳动 / 王芸 / 087

辣饮湘江，且战长沙 / 安以陌 / 091

三江应作三杯酒，白云千里敬长沙 / 李涛 / 096

半江欢喜色，一山快活风 / 淦清 / 101

长沙记忆 / 吴书剑 / 105

爱上一座城 / 夏言冰 / 110

与山相逢 / 杨宝珍 / 115

恰同学少年，似湘水柔情 / 江叶辉 / 120

后记 / 125

长沙。

故乡的年俗

◇ 汤素兰

过年的习俗源自何时已经很难考证，但过年对于每一个中国人来说都是大事。无论出门多远的人都会千山万水地赶回家，无论工作多忙的人都要放下手中的工作，歇下来，安安心心地过年。

"十里不同音，百里不同俗。"同样是过年，但风俗各异。

我的故乡在湘中的丘陵山地。因为山多田少，但凡平坦有水的地方，都做了农田，房屋自然就依山而建。因为少有大片坡地，村民多是散居，单家独屋。活人住在山坡下的青瓦房屋里，家中的先人住在山坡上的黄土垅中。对于乡土的中国人来说，祖先的魂灵与自己现实的生活有着密切的关系。过年也是从祭祖开始的。这儿的房舍结构一般是一栋三间带两厢房，正中那间是堂屋，堂屋里有"天地国亲师"的神主牌位，其中的"亲"是指这一家已逝的先祖。大年三十的傍晚，家家都要到先祖的坟头去上供，点上两支蜡烛和三根线香，放一挂鞭炮，烧一叠纸钱，供上美食酒水，叩头祭拜，祈求先人保佑平安。这种行为俗称"送光"。有的人家如果在平时向菩萨许了愿，傍晚时分，还要在堂屋的门口点上二十四支保烛还愿。

过年的氛围中少不了春联。以前普通人家的春联，是请当地的秀才或者教书先生写的。现在商店里有现成的春联可买，字体都是欧颜柳赵，只管买回来贴就是，方便得很。父亲算得上半个秀才，每年的春联都是自己拟自己写。父亲七十六岁，经历过中国社会的沧桑巨变，真心觉得现在是盛世中华。他拟的春联也紧贴着时代，比如今年的春联是"金猴起舞奋举千钧棒；精心策划开局十三五"。这幅春联贴在堂屋外面的立柱上，很是醒目。

除夕的年夜晚也是团圆饭，格外隆重。团圆饭后，就是围炉守岁，守得越晚越好。小时候守岁，为了让我们守得久一点，爷爷奶奶、爸爸妈妈的压岁钱总是会等到很晚才给我们。我们得了压岁钱，守岁的兴致也就没有了，困倦自然袭来。如今的守岁，不管是城市乡村，还是东西南北中，都是看着春晚、拆着红包，一直要看到春晚结束，新年钟声敲响，才算是过了除夕。

除夕夜的火，元宵节的灯。守岁必须有红红的火。在我小的时候，每到除夕夜，家家户户会把最经燃的蔸根用来烧火。蔸根即树蔸的根部，晒干之后用它来烧火，火力既旺，又烧得持久。清代两江总督、湘人陶澍曾有自拟名联"红薯苞谷蔸根火，这点福老夫所享；齐家治国平天下，那些事竖子为之"，说的就是这火。如今真正在火塘里烧火守岁的人家少了，因为要边看春晚边守岁，往往在客厅里烧的是电炉火。今年我回家，弟弟在客厅里放置了一个铸铁的壁炉，烧的倒是地道的蔸根火，但烧出来的烟尘已随烟道排出。隔着耐热的玻璃看那一炉红红的蔸根火,在这湘中山地里倒烧出了一点西洋味道。

大年初一是新年的开始。这一天的一切都充满了寓意,因此,禁忌也多。这一天在开门的时候要放"开门炮"。为了抢到开门第一炮,有的人家凌晨就开始放鞭炮了。随着噼噼啪啪鞭炮的炸响,家家把门打开,新的一天新的一年就开始了。清早起来见面要讲吉利的话。千万不能打碎东西。第一次出门千万不要遇到"后背人",即与你同向而行的人,如果你看到的是他的后背,意味着他走在你的前面,预示着这一年一切的先机都被他人抢了去。这一天也不能扫地。同样是扫地,除夕那天扫地是"扫穷"、"扫霉运",新年第一天扫地扫走的是运气和财气。为了守住财气,这一天最好也别花钱。

"初一崽,初二郎,初三初四拜地方。"初一,儿子孙子辈要给自己的长辈拜年。初二,女儿女婿回家拜年。初三初四,就是亲戚朋友相互走动、拜年了。亲戚朋友多的,今天你家明天我家,这样的拜年排饭,一直能从月初排到月中。过完正月十五的元宵节,这年才算是过完了。

在我小的时候,除了亲友之间的拜年走动之外,还有"赞土地"、"送财神"、"闹花灯"等民俗活动。"赞土地"就是一个人拿着一只碗锣(小锣)、一根竹片,挨家挨户,边敲边赞。赞土地的人必须是伶牙俐齿,还要了解情况、随机应变。进门看见谁就夸赞谁。赞语都是一些奉承吹捧、四六句式的顺口溜。只要赞得让人欢喜,自然有赏。现在的财神印制精美,颜色鲜艳,造型生动多样。我小的时候,从初一到十五,常有人背着袋子来送财神,那时的财神是手工雕版印刷的,纸张粗糙,墨

色不均，造型单一，但并不影响财神的寓意。有人来送财神，主家必是要恭敬接住的。主家接了财神以后，需赏给送财神的人一个红包，这是规矩。"闹花灯"最热闹，名目也繁多，有花鼓灯、龙灯、狮子灯等。湖南花鼓戏有广泛的群众基础，乡村里的大男细女都能唱上两段花鼓调，花鼓灯自然也是最受欢迎的闹新春娱乐方式，白天、晚上都可以进行。一支花鼓灯进村，挨家挨户沿途表演，孩子们常常追着灯一直看下去，不知不觉间就走出去好几个屋场，甚至走到了外村。可惜随着乡村的现代化，人们欣赏的节目多了，春节期间基本上见不到闹花灯的队伍了，"赞土地"的人也绝了迹。只有财神依然有人请有人送有人接，不过大多都不是通过具体的送财神的人，而是通过手机。

　　小时候每到过年，常听大人说"小孩子盼过年，大人子怕过年"，意思是每到过年，小孩子有新衣穿，有鱼肉吃，有红包可拿，有鞭炮可放，有花鼓龙灯可看，小孩子喜欢这份热闹与丰富，但大人要为过年筹划，要打理人情往来，在物质并不丰富的年代，实在不易。现在的乡村，小孩子盼过年，大人也盼过年。因为村庄里的青壮年大都出门打工了，只有老人与小孩留守，趁着过年，外出的人纷纷回来，小孩子可以见到父母，老人可以见到儿女。平时冷漠的乡村，也因外出人们的归来顿时热闹起来。过年是团圆和团聚的时刻。过年的许多风俗虽然改变，但过年的喜庆却有增无减。

辣椒里的乾坤

◇ 唐樱

辣椒的美味把湖南人辣出了精神

湖南人嗜辣达到了无辣不成宴、无辣做不成菜、无辣索然无味的程度。湘菜的主要特点就是一个字——辣。辣是湘菜的灵魂。"无辣不成湘"早已成为湘人的饮食个性。因此，湖南人也绝不会把辣椒当成普通蔬菜来对待，让它以各种形式出现在人们的餐桌上：蒸辣椒、剁辣椒、烧辣椒、泡辣椒、白辣椒、芝麻辣椒、油淋辣椒、皮蛋辣椒、豆豉辣椒、辣椒酱……随便列一下就是一桌辣椒宴。

辣椒又叫牛角椒、长辣椒、番椒、番姜、海椒、辣子、辣角、秦椒等，是一种茄科辣椒属植物，原产于中南美洲热带地区。早于公元前7500年，南美洲的先民就已把辣椒用作烹调食品。明代末期，由海路从美洲传入中国。神奇的是辣椒在全国几乎所有地方都有种植，人们都不同程度地吃着它。然而偏偏在三湘大地上种出来的辣椒，可以作用于人，可以作用于事。

都说湖南近现代名人辈出，都跟辣椒有着千丝万缕的联系。平凡的辣椒在伟人的眼里成了勇敢、坚强、刚毅的代名词。外来的辣椒非常庆幸自己选中了三湘大地这片神奇的土地。那些吃不得辣椒的人，也不妨碍他们对辣椒的崇拜。

湖南人把辣椒的美味做成了经典

"辣味烈性一相逢，便胜却人间无数。"辣椒作为西来的洋货，在湖南特别是长沙这块土地上得到了特别的礼遇，很快在这里生根、开花、结果，赢得了这片土地上的人民的芳心，因为辣椒的到来，也推翻了长沙太傅贾谊的"长沙为卑湿之地，不利于长寿"的说法。辣椒祛寒去湿开郁的特长在这里大显身手，如英雄有用武之地一般，在长沙几乎所有的菜都离不开辣椒这个主角，辣椒炒肉、辣椒蒸鱼头、辣椒炒香干、辣椒爆炒腰花等，就连炒白菜也忘不了放上一把辣椒。在民间一直流传着一句谚语："成都人不怕辣，长沙人辣不怕。"长沙人把辣椒当药吃，"夏吃辣椒祛风湿、冬吃辣椒驱风寒"。夏天吃子姜剁辣椒，鲜辣爽口、开胃消食。它的制作过程也简单，主料：又鲜又红的红椒、子姜。调料：熟花生油、白酒、大蒜子、香油、盐适量。白露后的红椒择洗干净，切一厘米见方的小块，子姜切大片，蒜子切片，均入盆加盐、花椒粉、白酒、香油，搅拌均匀。腌渍两小时后入坛，倒入花生油。坛子口用保鲜膜封严捆紧，一星期后开坛食用。冬天喝辣椒肉片汤，香辣带劲，喝完大汗淋漓。制作超简单：先用红干辣椒熬汤，再加入姜片、瘦肉丝，然后再加入香菜、紫杉醇、少许盐即可。湘菜的辣绝不是单一的辣，它分酸辣、麻辣、油辣、香辣、脆辣、鲜辣、苦辣等，层次分明。粗一尝，全是辣味，仔细品尝，五味俱全、回味无穷！

火宫殿的辣椒美味小吃叫你流连忘返

长沙小吃名扬天下，其中最著名的，莫过于火宫的湘味小吃。它汇集了三湘大地的小吃特色，制作精细，口味各异，种类繁多得令人眼花缭乱。来到这里，叫你流连忘返。早在明万历年间，古老的长沙城西南有条名叫坡子街的小街，天天车水马龙、人来人往、热闹非凡，因为这里有一座远近闻名的火神庙，香火极旺。到了清道光年间，新建了火宫殿，以火神庙为中心分成前坪后院，建了石牌坊、古戏台、财神庙、弥陀阁、普慈阁，形成了占地十六亩的建筑群。旁边商铺林立，天南地北的商人来这里摆摊，弥漫着浓郁的火庙文化。文人雅士都喜欢来这里，品味这种独特的文化现象。清末大书法家何绍基为火宫殿撰写了"象以虚成，具几多世态人情，好向虚中求实；味于苦出，看千古忠臣孝子，都从苦里回甘"的楹联，挂在戏台两侧，横匾为"一曲熏风"。人们吃着小吃，观看戏台上一场接一场的戏曲，从上午一直到深夜，锣鼓声、湘剧高腔、花鼓唱腔、掌声不绝于耳，汇成一曲火庙文化的交响乐，也形成一道独特的民俗景观。

如今，昔日的繁华不复存在，名人的古迹仍在诉说着昔日的过往。来长沙吃小吃自然要品尝本地的特色小吃了。臭豆腐是首选，因为整条街上都弥漫着这个味道，那看起来黑乎乎，

闻起来臭熏熏，吃起来美滋滋、热辣辣、香喷喷的臭豆腐，外地人吃得满头大汗，吐着舌头说："辣是辣，就是要吃这个味！"这种酣畅淋漓的自豪和成就远远超过了臭豆腐本身的价值所在。有人说，臭豆腐臭和女人的娇，是长沙成功男人拥有的两大完美极致。食物本以香为美，在长沙臭也可以为美。还有湘菜中的东安鸡是上了国宴的。现在火宫殿的小吃品种上千种，其中最有名的，臭豆腐、东安仔鸡、长沙发糕、白粒丸、双燕馄饨、德园包子、葱油粑粑、王村米豆腐、姊妹团子、龙脂猪血、紫油姜、紫苏梅子、凤凰血肠粑、鳞皮豆腐……鳞皮豆腐是用蚕豆粉做成的块状半透明的胶状体，冬天时，将其切成薄如蝉翼的片状，配以煨炖的原汤，加入辣椒酱，其味爽口开胃，十分好吃。到了夏天，将鳞皮豆腐刮成丝状，加入酱汁、芝麻油、辣椒粉，又成了盛夏解渴消暑的美味小吃。来火宫殿吃早茶、尝小吃、品湘菜，在东厢看戏听曲、逛火神庙，其乐融融。到长沙一定要来火宫殿！

喜欢背诗的童鹤皋

◇ 宋元

中央电视台有个节目叫《中国诗词大会》。我经常看,那些男女老少的选手也都厉害,不过因为我从小跟童鹤皋玩,他们就显得不那么有吸引力了。

童鹤皋跟我是小学同学,是我认识的人里最热爱诗、最会背诗的人。

到什么山上唱什么歌。童鹤皋走到什么地方,便背什么样的诗。比方,散了学,同学几个满世界乱跑。路过浏城桥,童鹤皋手拍栏杆念:"二十四桥明月夜,玉人何处教吹箫。"把众人听得一愣一愣的。浏城桥是座古老的石拱桥,上下坡很陡,桥身麻石上刻有六个字:浏城桥何绍基。我从那块石头上晓得世界上有个何绍基,但不晓得童鹤皋信口就来的二十四桥在哪里。浏城桥下是京广铁路,我们喜欢在桥上看火车。雄壮的火车头从桥洞子穿出时,桥身颤抖,刺激得很。火车的钢铁身躯怒吼,轰隆轰隆,一股接一股白烟猛烈冒出来,非常壮观。

我们也常去烈士公园人工湖。望见好大一片水,游船星散,

我们只会喊啊呀呀好玩好玩，童鹤皋却朗声说："轻舸迎上客，悠悠湖上来。"相对于我们的幼稚，这就近乎责备了。有不服气的同学回应："童鹤皋你太喜欢显了，背几句诗了不起啊。"童鹤皋就说："王维，王维也不晓得？"他的眼睛在玻璃镜片后面鼓得溜圆，两条瘦弱的胳膊朝外张开，看上去很无辜。他可能真不是显，我们也真不懂王维是何方神圣。

　　大家有时候会往南进发，专程到天心公园看功夫。那里时常有练武的人，三五个、七八个，轮番上阵，捉对切磋，拳脚之外更有刀枪剑戟各类兵器，上下翻滚，尘土飞扬，飒飒生风，看得同学们心惊肉跳，大呼小叫过瘾过瘾。童鹤皋傲然朗诵："但使龙城飞将在，不教胡马度阴山。"不过，他这句诗没有引起任何人注意，我们看得太专注，眼珠子都快掉下来了，根本无人理睬他。记得那些练武的人中间，有个黑皮大汉，即便冬天，也只穿件粗布背心，展览鼓鼓的肌肉。他每打完一趟拳，收式之后，总要略略停顿一刻，环视左右，正所谓顾盼自雄——就像台上演员歌唱完毕，微笑面对观众，等待收获掌声——大家于是叫出一片的好。直到登上天心阁城墙，同学的激动才慢慢平复。长沙城就在眼皮子底下。天心阁青色的城墙延伸着，无声地显露厚重和坚固。别处的城墙方方正正，天心阁的城墙却有很优美的弧线，几乎像出于审美的需要，让人一时竟想不起此地曾是血影刀光的战场。童鹤皋这时当然又背诗了。他站在垛口前，沉吟道："烽火连三月，家书抵万金。"我们虽依旧不懂，但仿佛也感受到了什么，齐齐安静下来，几个脑壳凑在一处，朝垛口下看。马路横竖，行人如蚁，无数屋顶，黑的、红的、灰的，一个挨一个，一排排、一片片向前推，一直挤到湘江边上。而彼时的湘江，忽闪忽闪泛着点点光亮。在更远的地方，岳麓山连接云天，苍翠又幽深。

后来我在书上看到"鳞次栉比"，查词典：房屋密集，像鱼鳞和梳子的齿一样，一个挨一个地排列。当即想起天心阁看到的景物，这个成语极其准确地形容了当时长沙的面貌，令我不免心生惊讶。古人叙事状物，言简意赅，生动形象，真是神乎其神。我又看书又查词典，主要就是受童鹤皋的影响，甚至还试着背过几句诗词。我其实是有点佩服童鹤皋的。

童鹤皋后来进了区办家具厂，做油漆工，一天到晚给床铺、桌子、椅子上漆，上国漆、调和漆或者水性漆，都和他热爱的诗词没有半点关系。油漆气味很冲，但他口罩都懒得戴。"随便！"他说，然后就开始咳嗽，很空洞地吭吭吭地咳。"啼时惊妾梦……吭吭吭……不得到辽西……吭吭吭……"我们这一代人，很多就是这样过了一辈子。

记得有回我和童鹤皋走迎宾路，去找住在省委的周援朝玩。到省委门口，站岗的解放军战士突然指着我说："你，站住。"我不明白出了什么毛病，只好站住，被那个脸色严峻的战士盘问一气，叫什么名字啦，住哪里啦，要找哪个啦，七里八里。而童鹤皋，如入无人之境，大摇大摆进去了。直到很久以后，我在报上读到一句话："腹有诗书气自华。"才恍然大悟，晓得那个战士为什么要把手指有力地戳向我，而不是童鹤皋。

田汉：骨子里的豪情

◇ 纪红建

是秋天，也是一个下午。

与八年前相比，田汉故居发生了巨大变化。她不再孤单，有田汉铜像广场、戏剧雕塑园、月光湖、田汉艺术中心、国歌广场、田汉艺术学院、古戏台、戏剧艺术街、田汉文化美食街等相伴，建成了以田汉故居为核心，以国歌文化和戏剧艺术为特色的文化园。

八年前，对湖湘文艺名人故居前途无比忧虑的谭谈主席，带着摄影家周克臣，画家张奇，还有我，走上了湖湘文艺名人故居考察之路。当时谭谈主席跟我们说："文艺名人故居，记录着一个文化代表人物的人生道路，装满了湖湘文化的精神财富，是一部书，是一杆旗，是一所学校，是一座博物馆；传播、宣传她承载的湖湘文化，能激励一代又一代的后辈奋发图强，为湖湘文化的创新和发展奋斗。这是一种让人'看得见'的湖湘文化。"从那年春天开始，谭谈主席带着我们，花了几个月时间，对齐白石、贺绿汀、田汉、沈从文、丁玲等二十位湖湘文艺名家的故居，进行了一次全面的实地考察。

那年5月中旬的一个下午，经过一丘丘绿油油的水稻田，我们来到了位于长沙县果园镇田汉村大屋组四周被绿色禾苗包围的田汉故居。

位于田野之中的田汉故居，显得十分安静与朴素。在长沙县2007年10月立的碑子上，我看到了"长沙市文物保护单位"等字样。石碑上还写道："田汉故居位于长沙县果园镇田汉村大屋组。坐北朝南，砖木结构，小青瓦屋面。1898年3月12日田汉出生于此并度过了童年和少年时代。"

当时，长沙县委宣传部负责人向我介绍，现在的田汉故居是在原来地基上重新修建的。田汉故居原来是一典型的农居，始建于1820年。它由土砖砌成，占地面积五百四十五平方米，分前后两进，共十八间房间。正堂两楹，两旁为杂屋，屋前临塘。正是在故居内，田汉阅读了《西厢记》《红楼梦》等多种书籍，直至十多岁，田汉才离开故居前往省城求学。原始的故居经历过两过灾难，第一次是自然灾害，第二次是日本人烧的。2005年下半年，长沙县文化体育局、长沙县文物管理所及果园镇田汉村等单位联合对田汉故居进行了维修改造，那也是田汉故居首次进行全面维修。当时故居的建造方案是通过市县文物考古队考察后，十分客观、严谨地设计出来的。当时整个故居建造共花了六十多万，除对故居主体及周边地区进行改造外，故居内陈列的展品也得以进一步完善。新增展品包括晚清及新中国成立初期的桌、椅、板凳、床、雕花墙等家具。田汉一百周年诞辰时铸造的大型田汉铜像也迁到了田汉故居，新增的两个陈列室内还展出了田汉各个时期的照片和话剧《关汉卿》等手稿。

长沙县委宣传部负责人还向我们介绍，去年，田汉的弟媳去世，于是唯一见证了故居变化历史的人走了。现在长沙县文物管理部门请了当地一个老百姓承担新修故居的安全保卫工作。田汉故居免费向游客开放，这里也成为长沙市爱国主义教育基地。

　　虽然故居是重建的，少了原始的韵味，而且历史已经渐渐远去，但这并没有阻止我们对历史的追忆。田汉的家，祖孙三代近三十口人。这是一个朴实、勤劳而又贫苦的农民大家庭。对田汉未来的成长，有两个人物至关重要，一个是他的母亲，一个是他的舅舅易梅园。如果说田汉是田氏家庭这个"鸡窝"里飞出的一只"凤凰"，那么他的母亲易克勤便是雏凤的保护神。

　　如今，漫步在田汉文化园，扑面而来的是浓浓的文化气息，映入眼帘的青山绿水、竹林绿树掩映的生态故居。故居的一边是生平介绍，一边是田汉的作品。在展厅里细细观看，我猛然间听到了雄壮激昂的国歌声。田汉的文字就是具有如此震撼人心的力量。看得出，他骨子里带着慷慨赴死的豪情。

　　同时，国歌声将我们带到了那段烽火沧桑的岁月之中……新中国成立后，田汉与他的国歌也是饱经风雨。但真正的作品是经得起时间和历史考验的，2004年3月14日第十届全国人民代表大会第二次会议正式将《义勇军进行曲》作为国歌写入《中华人民共和国宪法》。这不仅是田汉的骄傲，也是长沙的骄傲，湖南的骄傲，中国的骄傲，民族的骄傲！

　　站在田汉故居面前，我感觉国歌那雄壮的旋律就在耳畔回响，我心中更是隆升起自豪与荣耀。作为中华人民共和国国歌的歌词作者，田汉代表了那个时代全部知识分子的选择和荣耀——那一代知识分子，真正把个人命运和国家民族命运紧密相连，对祖国怀着深沉的大爱，对强敌抱着刻骨的大恨。

然而，令人扼腕的是，就是这样一位才情卓著的戏剧大家，最终却以悲剧结束自己辉煌的一生。1968年，七十岁的田汉在苦雨凄风中独自离世。

穿越历史的记忆

◇ 嫣青

九月初,古城长沙,没有愁煞人的秋风秋雨、凉凉秋意,如同一个羞涩的少女,迟迟不肯展露真颜,唯有倔强的暑热,以如火的热情恭迎远方来客。

滨江文化园向长沙市民开放之初,我便慕名而至。于江风习习中感受"湘江北去",遥望麓山胜景。常常流连于图书馆的书山学海,快活不知时日。也曾漫步规划展示馆,与众多游人一道,了解长沙的"前世今生",感受长沙的山水之秀、人文之蕴、城市之美。然而,却每每因各种原因,与博物馆擦肩而过。时至今日,方才与"三江笔会"的与会作家们一起,遂了参观博物馆、徜徉古长沙历史长河之愿。

若说由声、光、电等现代化设备组成的长沙规划展示馆,给人耳目一新的感觉,那么,满布历朝历代出土文物的长沙博物馆,则让人深深感受到来自远古的气息。一步之遥,恍若隔世。

《史记·天宫书》有云:"天则有列宿,地则有州域。"二十八宿中轸宿附星长沙星,则正对应湘水边这片沃土,故此地被称为"长沙"。上古时期，这片土地上就出现了人类的踪迹，人类在这里繁衍生息，直至三千年前的西周时期，始建城池，宁乡炭河里遗址发掘出的众多文物即是佐证。

踏进展厅的那一刻，一股陈年木质香味扑鼻而来，萦绕在鼻端，久久不散。这是每一间博物馆特有的味道，是历史的记忆。眼前暗了下来，展厅里厚重肃穆的装饰、展柜里琳琅满目的展品，令我瞬间出离了尘世的喧嚣，恍惚间，似乎穿越到了三千年前。

长河。落日。滨江之洲。

古长沙的先民们，在这片土地上挥洒汗水，日出而作，日落而息。至商末西周初，长沙城的雏形——大禾方国在宁乡炭河里建成。

商周时期，是一个以青铜文化为主要特征的时期。大禾方国的贵族们，为彰显其至高无上的统治地位，亦以青铜为重。

《史记·货殖列传》记载："洒削，薄技也，而郅氏鼎食。马医浅方，张里击钟。"四羊方尊、大禾人面方鼎、象纹大铜铙等众多酒礼器、食礼器、礼乐器，在见证了大禾方国几代统治者们的奢华后，长埋于历史尘埃之下。花开花谢，潮起潮落，光阴飞逝，一如白驹过隙，三千寒暑不过弹指一挥间，却历经战火纷飞、王朝更迭，目睹了多少悲欢离合、人世辛酸，终有一朝，抖落一身尘土，重见天日，为世人所景仰。如今，它们伫立在博物馆的展柜中，依然庄严肃穆，每一道纹饰都渗透着厚重的历史，用它们的狞厉之美，默默向每一个参观者诉说着悠悠岁月和曾经的辉煌。

历史的脚步渐行渐远，不甚唏嘘。思绪仍沉浸在三千年前的鼓乐齐鸣、战鼓声声，滚滚车轮却已载着我们跨越了好几个世纪，来到西园北里。

西园北里，坐落在开福区湘春路上，是一条淹没在现代化都市中的老街。短短数百米的距离，一色的青石板铺路，两侧没有"红墙碧水沐天光"，唯有"青砖伴瓦漆"、"小楼一夜听春雨"。木门、花窗、修竹、浅草，西园古井一泓幽泉、清可见底，顷刻隔绝了红尘俗世、悠悠众生。

与西园古井相对而立的，是左太傅祠。清朝末年，晚清重臣、军事家、政治家、湘军著名将领、洋务派代表人物之一的左宗棠病逝于福建，根据清廷"在湖南原籍建立专祠"的诏谕，左太傅祠选址建于西园北里。一代名将，终魂归故里。

西园北里的名声，始于唐代文学家刘蜕的蜕园，后又囊括了晚唐宰相裴休、元代理学家虞集、明代封疆大吏黄宝等历代名人。直至两百多年前，近代民主革命者、实业家龙璋在扩建其住所时，借用裴休所建西楼之名，曰西园，西园北里由此始建。

漫步西园北里，曲径通幽处，步步名楼。黄埔长沙同学会旧址、李觉公馆、帅孟奇旧居、黎佩康旧居……这些古朴静谧的小楼，不仅留住了老长沙的记忆，而且亲历了一个王朝的没落，一个新时代的诞生。

从唐代至今的千余年，西园北里的青石板承载过多少名人的足迹，西园北里的每一寸土地，都镌刻着一个人名。黄兴、杜心武、陈寅恪、李立……他们或在此掀起革命风潮，或在此创世立业，或在此修身养性，每一个名字都铭刻于老长沙乃至全中国人的心中，不可忘却。

暂别西园北里，一行人马不停蹄，奔赴中共湘区委员会旧址。

"结庐在人境，而无车马喧"，地处八一桥边清水塘的中共湘区委员会旧址倒确是闹市中一处清幽的好去处。此处原属于一陶姓商人，板墙木窗、青砖绕院、竹影摇风，显得十分雅致。

一张张黑白老照片，记录了一个个可歌可泣的故事。纵使照片大多数都已模糊不清，但却丝毫不能阻止它们一步步将我们带进那个先烈们抛头颅、洒热血，为追求光明，不惜牺牲生命的火热年代。

1921年7月中国共产党在嘉兴游船上建立之后，毛泽东返回长沙，曾与夫人杨开慧在此居住工作过。曾几何时，中国的革命先驱们在此秘密集会，"指点江山，激扬文字"，"欲与天公试比高"，拉开了创世纪的帷幕，迈开了中华民族走向新中国的坚实步伐。

离开清水塘，天色近晚。明月初升，颤巍巍挂在柳梢头，半透明，如梦似幻。仍不愿落幕的夕阳，倔强地将江面染成一片暗红。意犹未尽时，我惊觉，短短一个下午，我们竟然穿越了整个长沙的历史，记忆愈加清晰，深深篆刻于我的脑海。

回廊挂落里的西园北里

◇ 曹志辉

有阳光朗照的秋日午后，沿湘江中路前行，至湘春路口，便见一灰色牌坊，上书"西园北里"。往里看，一条古色古香的小巷静静地藏于喧闹的城市中。青砖，黛瓦，马头墙，回廊挂落，雕栏格窗，一切都是那样熟悉与亲切，散发着静谧的书卷气息。

沿麻石铺就的小路，进入西园北里，慢慢前行，仿佛回到了时光的深处，又如恍惚间踏进了电影里的老弄堂。是的，在湘江北去的涛声里，在老长沙尘封的记忆中，这里曾上演过多少凄美动魂的故事。这里的一砖一瓦，都写满了老长沙青黛色的记忆。

西园北里因唐朝宰相裴休在此修建西楼而得名。不像五一大道、湘江大道那般高楼林立，西园北里的房子大多是二层左右的独栋。它们仿佛是时光深处的聆听者，沿袭着唐风宋韵的清雅，无疑成为被摩天大楼包裹之中的世外桃源。

明清时赫赫有名的名门望族龙家曾在此修建西园府弟。曾国藩、左宗棠、谭嗣同等，都与西园主人有着密切的联系，成为或近或疏的儿女亲家。

民国时期,这里住的也都是达官贵人和名门望族,据说巷子两头设有栅栏,有专人守护,寻常老百姓不能随便进入,只能从这条老巷子流传出的故事中窥见一二。黄兴曾租住在西园附近,因谋划起义之事被泄露,被前来抓扑的差役碰了正着,情急之下,他谎称自己是黄兴的同学,黄兴已到明德学堂上课去了,这才在西园北里的少主人龙绂瑞的帮助下逃离了长沙。安抵上海后,黄兴发回了一封仅有一个"兴"字的电报。此后正式使用"黄兴"这个名字。而抗日名将张灵甫追求西园妙龄少女王玉龄的爱情故事,依然在西园北里流传。

西园北里的两翼,还有湖南两所中学,明德中学和周南中学。1905年宁乡籍的朱剑凡回到长沙,将自己位于泰安里的祖宅划出半边辟为校舍,创办了名为周氏家塾的私塾。民国时期,私塾更名为周南女子中学。画家徐悲鸿的母亲、前国民党主席马英九的母亲都毕业于名校周南女子中学。

历史的磨盘悠悠地转过了百余年,而今的周南中学和明德中学依旧是学子的乐园,于朗朗的读书声中,承继着湖湘文化的精髓。每到放学时节,穿着校服的学子浩浩荡荡地走出校门,这条街最热闹的时候便到来了。

"疏花对雨平栏静,芳草和烟古巷深。"小巷蜿蜒,每行百余米,便疑是尽头,然而又峰回路转,别有一番天地。景点纷繁,深处,不觉情迷其中。穿过外墙斑驳的左宗棠祠、李觉公馆……所行之处,皆翠竹环绕,白墙、黛瓦相得益彰,中间的百年麻石铺陈出悠悠古韵,蜿蜒曲折,仿佛沿着麻石路走过去,一不小心就成了穿越剧的主角。

湘江的涛声依旧，往事如云烟俱散。西园北里，仿佛静观世事的读书人，只一叠纸、一支笔、一盏茶而已。

是的，这是一条充满文化气息的老巷。有望得见的山水，可延续的历史记忆。它从历史的根脉突围而出，一路延伸到了现代文明的舞台。行走在这充满记忆的古巷，脑海里蓦然想起湘昆，想起长沙弹词。是的，这里适合老长沙弹词悠扬的曲调，适合湘绣女针尖上的情深。似乎一切与老长沙有关的记忆，都不期然从想象中复苏，萦绕于脑海。

小巷的秋来得悄无声息。仿佛檐上已泛黄的草，街边滴翠的竹，窗台盛开的花，都有了楚楚禅味，只合了"清雅"二字。秋日的阳光照着古老的小巷，照在这些略显古老的建筑上，照在行人身上，细碎，温暖，有着一种恬静和闲适。阴影里的西园北里，更是散发出一种自有的神秘。不经意间抬头，好像身着长袍的读书人朝自己微笑示意。三两个老人，在院子里摇着扇，有一搭没一搭地用长沙话讲着小巷曲折绵长的故事。

这里亦有着一种宁静的慵懒，不必在时间的滴答声中忙于奔命，而萦绕在心头久久的烦恼也变得无足轻重。古戏台上安静如斯，恍惚间，却似乎看见水袖轻舞，上演一出典雅曼妙的湘昆。配得上这里的，是一袭婀娜多姿的湘绣旗袍、一把团扇、一首隽永的小诗。

小巷如淙淙的溪流蜿蜒，这里的每一个幽深处都略带着文雅，不似都市里的喧嚣，耳畔的呢喃私语就足以弥补空缺的梦境，古巷也在历经传奇中变得儒雅而稳重……

屋檐下的风铃声穿破岁月的窗帷，叮叮当当地响着，岁月悠然，不慌不忙地轻吟着悠远的旋律，而梧桐叶飘然纷落，如一首脉络清晰的朦胧诗。长长的街巷,人们带着温暖、愉悦的情愫串巷而过,留下长长的梦想与回味。是的,这里太适合发呆、忆旧,泡上一壶茶,在老院里歇会儿脚,然后再继续前行,去迎接一个又一个的晨曦与朗月星辰。

在西园北里，思考人生重大命题

◇ 郭晓燕

这一次，我独自一人专程来到西园北里。

前阵子参加第六届"三江笔会"，和长沙部分作家一道，陪同武汉、南昌两地的同行一起采风，才知道有这么一个时光倒流般的所在。第一眼看到这别具一格之处，我就决心一定要再来。

很奇怪，西园北里距我家只有一公里，而且我经常在附近出入，此前竟然对这条老巷子一无所知。可见对事物的认知需要恰好的时机。

这是一个深秋的下午，适合慢悠悠地品味流光里的物事。先是在西园北里入口处的一家老牌馄饨店要了一份鲜肉馄饨和高汤豆芽，加了三大勺酱辣椒——这个分量足够使得那种不太吃辣的人肠胃绞痛。这家店我倒是几年前就常来，谁知道数步之外，就有一个非常别致的世界。

西园北里位于长沙市开福区湘春路，相传因为唐朝宰相裴休在此修建西楼而得名。近代资产阶级革命家黄兴曾经任教明德小学，并主持刚开办的速成师范。在黄兴领袖之风的感召下，一大批革命志士云集明德学堂。黄兴、陈天华等在明德学堂大量印发《猛回头》《警世钟》《革命军》《新湖南》《血泪书》等革命书刊，并面向全省、全国传发。紧邻明德学堂的西园北里成了当时革命精英的聚集地。

小店里，我正被辣得唏嘘不已，抬眼看见又进来一位身形稍胖的年轻男子。他只点了一份高汤豆芽。跟店老板闲聊，男子说吃完饭就要去健身房锻炼。老板问："你还要另外吃饭吧？"他接过一碗豆芽说道："这就是我的饭啊！要健身，不能吃太多了。"老板笑着摇头。

默默把碗里的馄饨和豆芽消灭干净，我举步踏入西园北里。

麻石修竹、白墙黛瓦，倒是和那日所见别无二致，不一样的是我的心境。

生性容易犯痴，喜欢一首歌，必得一口气听个几十遍；喜欢一种花样，可以把那种花样所有的衣服款式统统买回来；连看自己写的书，也常常是看一回，落泪一回。那天跟着大部队一起走，只能是蜻蜓点水、四处看看而已，否则一不小心在哪棵树底下发半天呆，走丢了，害得大家久等，岂不是相当失礼？

此时我独自踏上石阶，站在西园古井边出神。虽说石碑上刻着"古井"的字样，我疑心此处的古井未必真如古时。眼前的井有着八角形的井台，中间的圆形孔里蓄着一半水，水质倒也清澈，却不见流动。真正的井水都是清流涌动、生机勃勃的。这里应该只是做个样子给后人看看而已。

信步前行，看到一家人的庭院里零零星星开着几种花，有月季、茉莉，风里还招摇着几样叫不出名字的小花朵。我停下来，深嗅茉莉的清香。转头见到一片粉红的花瓣慢慢落下，随即想起古人的句子，"自在飞花轻似梦"，"落花犹似坠楼人"。

不知不觉中，天空下起细雨，我并没有带伞，于是打算离开，却一眼看到那天没有注意的一块牌子，上面写着"老年人日间照料中心"，不禁一怔。这老年人照料中心，想来跟幼儿园大约有相似之处吧。从幼到老，由生入死，人生竟是一个闭环，也许我们可以打破这闭环，让它呈现出开放的螺旋状。

目前人们渐渐发起一场新的革命，那就是向我们熟知的人生百年、生老病死宣战。越来越多的科学家和思想家公开表示：现代科学要挑战死亡、赋予人类永恒的青春。

是的，如果说在传统的革命中，人类的目标是反对压迫、追求民主和自由，那么现在，我们的公敌是老弱病死，我们立志要长生甚至永生。

就在距西园北里几百米外的地方，有一家名为"画意江南"的茶餐会馆。

四年多前的某一天，我给诗人韦白打电话道："我们聚一聚吧，明天我就要到你们医院动手术，我得的是癌症，能不能活下来还不知道。"韦白在湘雅附一医院上班，接到我这个电话，他吃惊不小，因为我们共同的朋友唐兴玲已经在两年前因为心脏病离世，死的时候才四十二岁。

韦白就约在画意江南。有一阵子，我们几个文友常常聚在这里，诗人易安不止一次赞美湘春路，说这条路名字好听，还颇具古风。

一见面，竟然只有我们两个人，我们不禁面面相觑，因为我们都以为对方会通知常聚的其他文友，像苦茶、汤凌、梦天岚、李杰波、远人几个,那时候算是聚得比较多的。

后来的结果是我和韦白两个人面对面郁郁寡欢地吃了顿饭,因为临时再通知其他人的话,时间太赶了,只好作罢。韦白安慰我一定要相信现代医学,他说我和兴玲不一样,我的病虽然也很严重,但是因为发现得早,治愈的希望是非常大的。

第二天,全麻手术之后,我像烂大街的影视剧中容易让人落泪或者笑场的桥段那样,嘴里叨念着"水,水,我要喝水"悠悠醒转。结果医生说暂时不能喝水,我的儿子扑过来对我说:"妈妈,你得救了!医生说手术很顺利!"

后来果然很顺利,尽管我其实是吃尽了苦头。

在西园北里忆起这样一个插曲,是因为我现在已经参加了"新革命"——这是一场以健身养生、延年益寿为目标的革命。作为一个曾经和死神短兵相接、最终擦肩而过的坚强斗士,我有足够的技术、经验和信念。

人类对世界的认知,比鱼群对于自己所在水域的认知实在高明不了多少。别以为人类真的已经成为地球上的"上帝",虽然我们造出飞机火车上天入地,然而连胆固醇的利弊、牛奶究竟好不好、辣椒要不要吃,这类小事都各执一词、争论不休,这样一个物种当前能够厉害到哪里去?

当然,我们也不要灰心。

拿花来打比喻:正常状态下,一朵花采下来很快就会枯萎;然而只要使用保鲜剂,一枝花保鲜半个月到一个月也不是难事。

从半天到一个月,花朵的寿命延长了六十倍。而人类呢,现在的百岁老人已经很常见,迄今为止最长寿的记录是一百二十八岁,如果发明或者发现某种技术,可以让人类寿命也延长六十倍,那么"千岁"、"万岁"都成了可能吧?先不说三十倍或者三百倍,我们先向两倍、三倍靠近,那完全是有可能的,不是吗?

回望西园百里,我相信,人类认知的星火,已然呈现燎原之势;人类渴望拥有的美好世界,已经在慢慢拉开帷幕。

月下花开，可缓缓归矣

◇ 贺予飞

秋意渐浓，转眼便到中秋佳节。几位朋友相邀小聚，虽然都是极熟的朋友，但是有多年未见。我们闲话家常，畅聊人生，不知不觉时间飞快，回校时已是晚上。

在大学城生活过的人都说，麓山南路是长沙这座城市的青春。无数的青年学子在这里匆匆告别青葱的校园时光，而此时的我也即将踏出校门，奔赴另一段人生旅程。麓山南路依旧吹着微暖的风，漫步林荫小道，桂树飘香，月华如水，夜色斑驳弄影。如此良辰美景之下，我没有遥寄"但愿人长久，千里共婵娟"的思念，也没有抒发秋之寂寥怀古伤今，却是被脑海中浮现的一句"陌上花开，可缓缓归矣"所触动。海德格尔曾说，人应该诗意地栖居在大地上。秋夜这般美丽撩人，月光倾泻而下，这种美景留给我们的不应只是思念和感伤，更多的应是温馨与安宁。

秋夜凉风习习，一队正在军训的新生们小跑着从我身旁掠过。看着这一张张朝气蓬勃的小脸，齐刷刷的绿色迷彩服，空

气里飘扬着青春的气息，一股暖意顿时涌上心头。我不由得回想起我入校军训的时光。那时的我，和他们一般模样，对大学校园的一切都充满着好奇与欣喜，晒得黑黝黝的脸谈不上美丽，却是活力四射，有些懵懂，有些任性，也有些浮躁。这一条小小的路，是我从读研到读博的路，是我人生的学术奠基。"心有猛虎，细嗅蔷薇。"在这里，我整日与文学相伴，在诗情画意的海洋里尽情畅游，我的心志愈发坚韧，我的文字变得细腻而沉静。如今的我已步入博士生涯的最后阶段，回顾来径，那些心比天高的岁月，那些哭过笑过的往事，都已化作烟尘，漫随天外云卷云舒。

毕业后在外工作打拼的友人说，无论我们曾在麓山南路留下过什么，都再也回不到这条山下的路。我想说，尽管我们不能让时光倒流，但我们内心依旧希望自己是那个出走半生归来的少年。走在麓山南路上，从渔湾市的小吃，到左家垅的琴行，再到中南本部的岳麓山脚，这条走了无数遍的路也如同人生旅程一般，经过了几轮改头换面，早已物是人非。这一条小小的路，总是充满了未知、惊喜与迷茫。我们永远不知道路过的那个拎着菜篮的老奶奶，或许就是一位赫赫有名的科学家；我们也不会知道刚刚撞了你一下的那个西装青年，也许晚上就在八字墙的路边上弹着吉他歌唱。我们明明在这里生活多年，被路人问到岳麓山怎么上、湖大怎么走、师大有多远时，总是有口难说，一脸无奈。这一条小小的路，也充满了阳光、活力与温情。在林荫道下，一个个扎着马尾的国旗班女兵身着军装训练，英姿飒爽，活力飞扬，成为大学城里一道靓丽的风景线。在炎热的八月，无数的建筑工人挥汗如雨，将整条道路变换新装。等红绿灯时,常有拄着拐杖的老人过马路,年轻学子们总是热心地替老人护航。

麓山南路记录了太多人的青春与成长。记得有一首歌叫《麓山南路的风》,被校园广播和电台热播。有句歌词令人印象深刻:"永远留在了晚风中,那些最美好的梦。"我们每个人年少的时候,心中往往藏着很多遥不可及的梦想,许下了很多华丽的誓言。它们就像树上的枝条一样繁多,像鲜花和绿叶一样色泽明艳、光鲜亮丽。然而理想和现实之间总隔着千沟万壑。也许我们的思想已在现实的土壤和社会的人情里生根结果,也许我们摇头感叹曾经的天真和稚嫩,也许我们不再轻易被绚丽的光环掩盖,也许我们不再为他人背负梦想,全心全力为自己而活。所以,朋友们,有空来麓山南路走走吧,是时候拾起初心,寻回那块属于自己内心深处的净土。月下花开,可缓缓归矣。

你日久经年的岁月，不过这个城市的沧海一粟

◇ 惊蛰

我曾在很长一段时间，都不太喜欢长沙这座城市。

年少的欢喜和没洗干净泥沙的嘚螺

我出生在长沙周边的一个工业城市，这个城市里有着大大小小的厂矿，是随着战乱从北方迁移而来的。

轰隆的机械声是这个国家曾经的动荡和如今安居乐业的象征。

为了保密，这些厂皆以数字命名。我从出生起就住在其中的一个数字中。

我在这里上幼儿园、上小学，从搬着板凳听着姥姥唱"九一八！九一八，从那个悲惨的时候，脱离了我的家乡……"到揣着炸得金黄色的春卷甩着马尾辫步入初中，过了一年又一年。

我曾以为我会在这里生老病死，安静地度过一生，直到

十五岁的那一年。

我喜欢上了班上新转来的少年,他留着带刺的碎发,会打球也会跑步,在我眼里他是闪光的。

我们相约同考本校的高中,却在初中毕业后的暑假失去了联络,直到开学我才知道他独自去了别的高中。

1999年的QQ上,他给我最后的留言是:我讨厌你的"塑料普通话"。

因为北方的长辈占了大多数,受南北方口音交杂的影响,我自幼普通话学不正,本地话说不好,最终只得了一口蹩脚的发音,俗称"塑料普通话"。

而祖籍为长沙的他,以一口正宗的长沙话为自幼的骄傲。

我十五岁时,笨拙的心意、小心翼翼的喜欢在他眼里都变成了一口"塑料普通话"般的尴尬和可笑。

那年夏天,我吃到了一碗爸爸从长沙出差带回来的,据说十分正宗的长沙啁螺,在鲜红的辣椒和螺蛳里未吐干净的泥沙里,呛得流下了眼泪。

大学的食堂和油乎乎的辣椒炒肉

我终于离开了生我养我的小小厂矿,拖着行李箱站在了长沙的火车站广场。曾经的小吴门火车站如今已高楼林立,火车站火炬形状的钟楼,象征着长沙是毛主席最早点燃革命烈火的地方。

灰色的天空、胡乱拉客的黑车司机以及空气中随风飞舞的白色塑料袋都让我无比的沮丧。

我没有考取我理想的大学，这也不是我理想的城市。

食堂里，乱插队的本地妹子露出与生俱来的泼辣，好不容易挤到窗口的我刚要点一份西红柿炒蛋，未曾开口，不耐烦的阿姨不管不顾地浇下一瓢棕绿色——长沙最具代表性的辣椒炒肉。

很久之后我才知道，在长沙检验一个餐馆合不合格，只需一份辣椒炒肉，辣椒鲜而不燥，猪肉香而不柴，一口辣椒一口肉，最后再用剩下的油汤拌饭。正宗的长沙人只这一个菜，便能吃下三大碗。一个能将辣椒炒肉炒得好吃的餐馆，其他的菜必定也不会差。

十八岁的我，不喜欢这座城市的凶悍也不喜欢油乎乎的辣椒炒肉。

初入职场的青涩和软糯的熊猫姨鸡爪

2008年一档集合了唱歌、跳舞、访谈、脱口秀的综艺节目在湖南卫视上线。

这个由湖南经视《越策越开心》原班人马打造的新型节目一经面世就受到了全国人民的热烈追捧，无数外地的观众通过这个叫《天天向上》的综艺，感受到了所谓的"策神"精神。

此时的我初入职场，如同一个新出炉的综艺，等待着"观众"严苛的检验。

我与人合租着八百块一个月的房子，赶着早九晚五的公交，熟练地掌握了公司附近的快餐小吃，每天早上一碗鲜辣的长沙米粉总能让我元气满满。

周末的时候,同事约我去了长沙的知名小吃店——熊猫姨鸡爪。

躲藏在旮旯巷里巴掌大的小店挤满了慕名而来的人,开着豪车的人们冒着被贴条的风险也要尝一口这朝思暮想的美味。这是长沙人特有的美食主义,不怕远,不怕脏,不怕等,要的就是口味好!

熊猫姨鸡爪店的招牌鸡爪一个挨着一个,挤在一锅酱色的卤汁里。我们点了三十个鸡爪、两杯"灵泛得乐"、两份土豆泥、一杯凉面、一份酸泡菜,一共八十块。

满口长沙话的老板,坚持要把加了冰的可乐叫作"灵泛得乐",要把八十块喊成"八十万"。看着外地游客被吓得一愣,我们噗嗤一下笑出了声。

短短四五年的时间,我已不再是那个惧怕辣椒炒肉的懵懂少女,此时的我无辣不欢,虽不会"策"人,却也能在别人"策"时开心地笑出声。

你不离开这个城市永远不会知道它有多红的口味虾

2017年,第一届"青年网络作家井冈山高级培训班"在革命圣地井冈山开班了。

来自五湖四海超过一百名的青年网络作家和网络文学平台负责人参与了此次盛会。

严肃的培训之余是嘻嘻哈哈的交流时间,地大物博的华夏之土互不相识的人们最好的开场白永远是——你是哪的人?

当我在食堂眼睁睁地看着一位哈尔滨的老兄咬下一口老姜

炒鸭里的八角并呸的一声吐出来时，忍不住笑着提醒，这是香料，不能吃的。我们自然而然地端着餐盘坐到了一桌。他恍然大悟地挠了挠头，问出了那句经典的开场白——你是哪里人？

长沙。

脱口而出的那一刻，我平静的表象下是投入石子般的波澜。

在长沙工作多年却一直以外地人自居的我，竟在短暂的离开了这个城市之后，第一次承认了这个不争的事实。

长沙是我的第二故乡，我不在这里生不在这里长，却会在这里度过我余生最长的时光。

我自然又熟悉地向新认识的朋友介绍了橘子洲头、岳麓山、马王堆汉墓，我奋力地说着辛追娭毑墓里举世闻名的T形帛画和那件只有四十九克的素纱蝉衣。东北汉子就着老姜炒鸭扒完一碗饭，深刻地表示对比举世闻名的T形帛画，他更感兴趣举世闻名的长沙小龙虾。

2018年的三江笔会

西园北里高大的梧桐树下，微风穿过麻石路的长街，透露出历史的书卷习气。

我在半天的时间里，随着武汉和江西的作者一同走过了西园北里的历史长街，参观了见证革命爱情之地的中公湘区委员会旧址。但最触动我的却是位于长沙新河三角洲的"三馆一厅"。

作为东道主的长沙人，我跟武汉还有江西的作者一起在现代感十足的长沙规划展示馆里"哇"声不断，三维复原的数字沙盘清晰地展现了长沙的城市之美。

漂亮的讲解员说道:"长沙与斯大林格勒、广岛和长崎一起成为第二次世界大战中毁坏最严重的城市……"

我知道文夕大火,却不知道因为这场大火让长沙成为第二次世界大战中损坏最严重的城市之一。

这个坚强的城市一直用自娱自乐自嘲的精神去感染全国的人民,留下了"娱乐至死"的星城。

原来,它曾受过如此重大的损毁,却很少自怜自哀。

那一刻,我突然为这个城市而深深心疼。

"天则有列宿,地则有州域。"
二十八宿中轸宿有一附星名为"长沙"

我在长沙生活早已超过了十年,在这里买房结婚却倔强地不肯将户口迁移至此。我误以为我仍然抗拒这个城市,却不知道我已经默默地融入其中。

在我满怀欣喜地穿过大街小巷,适应着这个城市的冬冷夏热时,在我接待着外地的朋友,如数家珍地介绍长沙的美食时,在我站在井冈山脱口而出的那一句"我是长沙人"时,我终于不得不承认……

在日久经年的岁月里。

我是爱这座城市的。

"天则有列宿,地则有州域。"二十八宿中轸宿有一附星名为"长沙"。

在这座以星星命名的城市中,你享受着它带给你甚至是这个世界的欢愉,却对它充满误解。

它带着满身的伤痕却从未介意。

这是一个包容的城市，是一个永远向新的城市。

你知道马王堆汉墓的"辛追娭毑"，却不知道大禾方国的强权女性；你知道毛主席夸过火宫殿臭豆腐闻着臭吃起来香，却不知道文庙坪滚满红糖的糖油粑粑；你知道如今叱咤风云的芒果娱乐，却不知道曾经泡在1998年洪灾里默默无闻的经视台记者。

这座曾经被文夕大火烧掉了千年历史的城市，从未介意过世人对它肤浅的认知。

在历史的长河中，它总是伤痕累累，却从未有过片刻停留，带着洋务运动的无畏，吃着辣椒闹革命的果敢，奥运湘军的实力，"霸得蛮"又"耐得烦"的乐观精神，毫不犹豫地脱掉了古城的帽子，头也不回地迈入了熠熠星辉的新篇章。

长沙，一座侠骨柔情的城

◇ 杨莉（长安微暖）

我是生活在长沙的一名"德系"人。

"德系"，即常德。于长沙城来说，属于实打实的"外系"人。不过，我在这座城摸爬滚打、安营扎寨十多年，在我无比的勤奋努力之下，终于学得了半口塑料长沙话，尤其是那句"霸得蛮，耐得烦"，我觉得就是长沙人，包括我这"外系"人最栩栩如生的写照。因为这种精神是极具感染力的，进了长沙城，喝了湘江水，便不知不觉地成了这座城的一分子。

我喜欢这座城市！

从来这里上学的第一天开始，我就喜欢上了这座城。

那时候五一大道两侧也很繁华，但不像现在商铺林立。那时候没有国金街，也没有外地妹子跑来长沙后必喝的网红奶茶。那时候下河街还很热闹，穿过人头拥挤的窄街，就能看到滚滚的湘江水，橘子洲头上还没有青春飞扬的毛主席雕像。我与寝室的姐妹像几个圆滚滚的、土气横生的小土豆，每个周末都莽莽撞撞地在大街小巷里乱钻，买一碗臭豆腐，在下河街里挑几

件小玩意，便觉得得到了世间最大的快乐。

时光碾碎四季之风，呼啸而过。

学生时代常咬于唇间的臭豆腐现在还是那么美味，但这座城仿佛变得更年轻了，越发地有了一种连晚风都自带浪漫的做派。让我怀疑，究竟是我的岁月停住了，还是长沙这座城的岁月做了减法，悄无声息地把陈旧剪掉，再把崭新与鲜活注入。

有朋友来长沙时，我最爱带着她们穿过步行街仿古的小巷，让她们看小巷两边雕花楼窗，灯火旖旎，再看火宫殿里古戏台风姿绰约，古韵盎然。

湘江的风在夜里翻动温柔的涟漪。道旁茂密的广玉兰，秋风一吹，星光月色哗啦啦地从叶间流溢洒落。

每每此时，我便要骄傲地道一句：韵味吧？再来一盘麻辣小龙虾，和着三湘秀气一同火辣辣地吞进肚中，这一趟长沙之行才算圆满。

而朋友往往会带着一个辣字的印象，心满意足地离开。过后聊起长沙的辣，总会提及美食之辣、妹子之辣、夏季之辣。

我突然想，不对，长沙明明是一座侠骨柔情的城才对呀。千年时光浸泡的古城长沙，每一寸土地、每一滴湘江水都带着侠气，充满柔情。

不服吗？

来，我念几首诗与你听："冬迫水逾瘦，湘梅岸岸开。云心岳麓树，雪意定王台。"

还有，"画舸欲南归，江亭且留宴。日暮湖上云，萧萧若流霰"。

最著名的当是那首"独立寒秋，湘江北去，橘子洲头。看万山红遍,层林尽染;漫江碧透,百舸争流。鹰击长空,鱼翔浅底,万类霜天竞自由"。

犹记得语文老师捧着书卷,微眯双眸,缓缓念出"鹰击长空"的句子时陶醉且向往的表情。她说,三湘儿女多铁骨,粉身碎骨亦不惜。哪怕拼尽青春热血,也要飞上天际,让湘江水滋养的长沙古城永远地焕发光彩。

所以,这种情怀,这座城市,哪是一个辣字可以形容的?明明是向上时铮铮铁骨,爱人时柔情婉转。

什么,你还是不服吗?真是固执啊!行吧,我们再去长沙城中转一圈。我带你去贾谊故居,去岳麓书院,去黄兴墓,去西园北里,去中共湘区委员会旧址,去令人激动的新三馆一厅,去收藏着无数令人向往与振奋的文物的省博物馆。

然后,请你跟随我的指尖触摸长沙城里的风,它已在这座城中吹拂了千年。

它见证过,辛追夫人带着侍女穿过长沙古王宫,把时光织进锦中,留下灿烂光辉的历史遗产。

它见证过,贾谊站于城墙之上,仰望日月,扶剑吟诵《鹏鸟赋》,把治国忧民的宏远与豪情寄于云端。

它见证过,青衣士子围坐岳麓书院,陶醉于朱熹与张栻那场有名的"朱张会讲",一时舆马之众,饮池水立涸。

它更见证过,那场把古城长沙烧成熔炉的文夕大火,那血泪悲愤犹在耳边。

还有那数以千万计的、将百姓从黑暗中解救出来的革命先辈们,他们甘愿以自己的身躯换来和平、热血抛洒的壮烈人生!

如今这一切都在风的抚慰下,与星月之辉一起刻在了历

史中。

现在的长沙城大不一样了。

现在的长沙人,把历史珍藏于自己灵魂深处,把记载历史的容器妥善放置于博物馆明亮的玻璃展柜里。然后,我们乐呵呵地穿行于繁华的街市,在霸得蛮的轻松调侃中,将高楼修得能撞进云雾中,用四通八达的交通,将长沙人的热情与柔善送至天南地北,还将湘剧唱出了好味道。小龙虾、红烧肉、臭豆腐、辣椒炒肉、剁椒鱼头做得美味绕梁,让人来了长沙,吃一口便能爱上。

这真不是一个辣字可以代表的城市、可以代表的人群。

坚强而果断,热情而向上,努力而珍惜,霸得蛮、耐得烦,脚踏实地,一步一步地和长沙城一起往明亮的未来走去,爽朗辣利的笑声后永远都是用心酿造的温柔和善。

这座城包容了我这个"德系"人,也包容了许许多多像我一样的"外系"人。我们融入这座城,与这座城一起听风听雨、看云看月,见证它日新月异的成长,得它的庇护,享它的安宁,一起创建它,使它更加美好。

对了,风和日丽的时候,再去一趟橘子洲头吧。

行于郁郁葱葱的树下,看一眼滚滚湘江水,晒一头金色阳光,嗅一口花香芬芳,再眺望两岸的城,叫一声长沙,便能生欢喜,一天都有好心情。

这一江水,永镌我梦。就像这座城,永远与我灵魂相依。

书香定王台

◇ 张光宇

对我而言，漂泊多年，唯一能持久给予慰藉和让心灵净化的就是书了。不管走到哪儿，都会到当地的书店看一看，闻一闻书香，觉得应如《海燕》翻译者戈宝权说的那样，"人是需要一点书香的"。

20世纪末，到长沙工作后，作为全国四大书市之一的定王台书市自然就成了我几乎每周必去的地方。来到这里，我总会被浩渺的书海所震撼、沉迷。市图书馆书香弥漫的氛围总让人神清气定，可以随意选一个角落，或在楼梯的台阶上，或席地而坐，随意选一本书，安静地翻看，洗去都市繁华，独享阅读乐趣。当然，若选中一本自己心仪的书，迫不及待的心情有如荷马《奥德赛》中所写的："我祈求神圣的缪斯女神，呈现给我们这个故事。女神啊，开始吧，从哪一个点都可以。"

与之毗邻的定王台书香街，可是几万平方米的大型图书自由市场，只要你想看的书，在这几乎都能找到。我曾为淘到一本《一篇文章的构成——民国文人写作十讲》而激动许久。当你夹杂在人潮中，不管买不买书、看不看书，都会觉得你是属于书本、知识和文化的，总有一种难以言表的享受和满足。走过之后，身上似乎会散发出淡淡的书香，就连自己都觉得不一样，好像更自信了。有时在某一处书摊前驻足，随手拿起一本书，翻一翻觉得不错就买下，觉得另一本也不错，也买下，更有甚者，恨不得把这里所有的书都买了回去。有时，觉得暂时可看可不看的书，还可以和老板讨讨价、打打折，找找"按定价付款"中找不到的小乐趣。

有段时间，我觉得应把去定王台的瘾戒掉，浪费时间、浪费金钱不说，淘完书回来又陶醉其中，确实影响工作、影响生活、影响家庭。可是，隔一时段不读书，心里又空落落的，难免心生寂寞，干别的事好像慢慢没了主心骨，有点清代萧抡说的"一日不读书，胸臆无佳想，一月不读书，耳目失清爽"，便又想去定王台。一旦到了这里，即使没有买书，也有一种久违感，没了孤独感，似乎有了读书人的"书香气"，做什么事情又有了自己心灵的高度。怪不得有人说，读书是在别人思想的帮助下，建立起自己的思想。还说，书籍之所以最能致远，就是因为书籍既凝聚了前人的思想精华，又吸收了后人的智慧力量，蕴含着激活人们思想火花的力量。

于是，又恢复到老样子。逛的时间一长，就开始琢磨这里的书香为什么会这么香。原来在清末，定王台就设有湖南图书馆，是中国最早的公共图书馆，就连青年毛泽东都曾在这里度过了半年多的自学生涯。据说，那时的馆藏古书很多，近代古文家吴恭亨有关于定王台图书馆的对联："许我读崔麃五千卷；随人吊汉景十三王。"可惜在1938年的文夕大火中彻底被焚毁，直到1980年，定王台旧址上才又建起新的图书馆。哦，原来定王台的书香是从清末就飘起来的。

那时网络还未普及，在相当长的一段时间里，我以为定王台就只是一个地名、一个书市。有一天，无意间在图书馆一楼看见一个水泥围砌的高约一米的围台，上书"定王台"三字。我有点纳闷，便查阅一番，不成想，这里居然已有两千一百多年的历史，是氤氲着古老文化气息的地方。定王台为西汉景帝之子长沙王刘发所筑。他每年都要挑选上好的大米，命专人专骑送往长安孝敬母亲，再运回长安的泥土，在长沙筑台。年复一年，从长安运回的泥土筑成了一座高台。每当夕阳西下之时，刘发便登台北望，遥寄对母亲的思念之情。他死后谥号定王，他用长安运来的泥土所筑的高台，亦被人们称之为"望母台"或"定王台"。清人熊四牧有诗曰："城东百尺倚崔嵬，迢递长安载土来，一片夕阳春树绿，慈鸟飞绕凤凰台。"

当代著名诗人江堤在《定王台笔札》中写道："在20世纪之前的两千年中，定王台就像一件永恒而可亲近的作品被人阅读。"是的，定王台的书香真是由内到外，它本身就是一座文化宝库，帮我们拂拭历史的尘埃，点亮未来的明灯。我常想，我们读书到底为什么，其实就是让我们晰事明理、向上向善。而百善孝为先，定王台作为中国孝文化的标志，当是读书人的心之所归。如此，则发现能享受定王台的恒久书香真是一种庆幸，使我们在精神上成为坚强、忠诚和理智的人，成为能够真正爱人类、尊重人类劳动、衷心欣赏人类那不间断的伟大劳动所产生的美好果实的人。

武汉

水北去人往南

◇ 李鲁平

我靠在椅子上,窗外是高楼林立的河东。过去,从这窗子直接可以看见北去的湘江,但每一次南来,不断长高的大楼都会把我的视野剪去一部分。朋友也坐在椅子上,不断讲述来往长沙的文人故事。都说人不要怕鬼,但对酒鬼还是要小心为妙,昨晚另一群朋友带来的酒鬼现在还盘旋在我脑海,挥之不去。我抬头,突然发现,床背后的墙上装饰着一大片火红的叶子。

"这是枫叶吗?"

"是啊,杜牧写的停车坐爱枫林晚。"

"杜牧来过长沙吗?"

"当然来过,没来怎么写呢?"

我怀疑地看着朋友。想当年,范仲淹被贬到河南邓州,好友滕子京被贬到岳阳。没有去过岳阳楼的范仲淹,看着滕子京送来的洞庭晚秋图,就着酒兴,照样把《岳阳楼记》写得情怀壮阔、神采焕发。朋友无心思考杜牧的行迹,也对墙上的枫叶不感兴趣,只说往事。

往事说的是上海下放到新疆的知青，因为爱好文学，最后幸运地调到新疆一家刊物做编辑，退休后回到上海，今年来到长沙时已经七十多岁。他来长沙不是因为别的，只是想去一趟韶山。作为长沙人，我这位朋友理当尽地主之谊，于是就陪着去了。韶山冲、滴水洞一圈下来，上海知青站在广场，面对毛泽东雕像，很久之后，真诚地问我这位朋友。

"你知道他问的什么吗？"朋友把我给的烟掐掉，说不好抽，还是芙蓉王好。我无法想象上海知青会问什么。

"他想不通，南方人一般都瘦小，为什么毛泽东身材那么高大。"朋友说。尽管这些年，我的这位朋友写了很多报告文学，遗体捐献、临终关怀、动物保护，总之念念不忘"生命"的主题，从基因库、太平间到沼泽湿地、动物保护机构，都有他的足迹。跟许多湖南人一样，他执着、勤勉、认真，他的专业精神一直令我敬仰。他从未想过要考察不同地域、不同人群身材的高矮以及原因。不过，我对雕像的高大有所体会。过去我坐在这间酒店的窗前，可以望见橘子洲头，甚至可以看见橘子洲上青年毛泽东头像。巨大雕像的画面像一面船帆，鼓满风似乎能让橘子洲飞起来。现在我的视线无法穿越面前高大的建筑，连山脚下路口的商场也看不见。很多年前出差长沙，返回之前，我会去那家商场逛上半天。

在离开酒店去高铁站的时候，他们俩竟然走散了。一个六十出头的男人，在地铁站寻找一个七十出头的外地男人。朋友冒着大汗，喊他的名字，搜寻穿梭的每张脸，最后不停拨打手机，终于问清楚了上海知青的方位。原来地铁的闸口需要将车票、身份证一同放进扫描口，还需要抬头让视频照相，以确定票、证、人的确是统一的。着急的是，他反复尝试，总是出错，也不知道到底在哪一个环节上出了错，就是过不了闸机。两个老友就此乱了乘车的步伐，前面的上了车，后面的还在警惕地观察周围，一遍又一遍地在闸机口尝试，等待验证、放行。

"他看人的眼神，你不知道，特别认真啰。"朋友抽着自己的芙蓉王，与过去相比看不出有什么变化。他剪了个平头，显得更加精神。在我二十多年的印象中，他一直就是这个样子。"哎呀，你不知道，他看谁都像坏人，还特别能吃辣椒，比我还能吃啊。"

从江上来的秋风把朋友的话迅速吹走，也把酒鬼的蛊惑吹走，我从一丝一丝的凉意中越来越清醒。我依稀记得他的讲述。这个上海知青，在新疆漂泊、隐忍多年，到了可以重新返回上海的年代，他却不走，他担心回到上海安排得不好，如果不能安排到有编制的事业单位，还不如不回去。于是他在那里等到了一个同样没有回上海的女知青，他们结婚、生子，像防洪一样守着自己的生活，一直把自己的身份和编制巩固到最后。

我能想象，一个习惯下江口味的上海人，如何在遥远的西部把自己改造成一个热爱辣椒的新疆人。很多夜间疲劳驾驶的司机为了不打瞌睡，必须不断吃辣椒。我想人生之途，我们哪一个又不是疲劳的司机？只有让眼泪直落、让嘴巴始终张开的刺激，才能不断提醒自己，不要麻木，不要放弃，同时，不要放松警惕，对来自四面的动摇和威胁，对来自八方的不明和诱惑，都必须千戒备、万审慎。如此，才能在陌生的异乡，圆满自己的一生。为什么一定要来一次韶山？在韶山那尊高大的雕像前，这个已至古稀的老人一定想说点什么。他是要告慰自己的初心,还是要交出自己的人生和世界,以此表明从懵懂的少年到迟暮之年,自己得到了什么。

我眼前的朋友何尝不是如此。他曾幸运地在珞珈山上沐风栉雨,每每相见,总要感恩教育家刘道玉开办了作家班。后来他也做过刊物的副主编,写过小说。几十年之中,也偶尔向我抱怨许多不平之事,好在他从不放弃。他的写作量不大,但一念升起,必须有让念头落实到作品。无论写遗体捐献,还是写临终关怀,我深知他遇到的困难。不说这些非虚构或者报告文学的材料来源,就是找一个殡葬工聊聊天,找一个医院采访,找一个家属说说话,都无比曲折。其实,他做的并非文学,他一直在做的是唤醒我们对生命的认识。我至今记得他曾经说过,一个殡葬工跟他倾诉,这世界的人都不跟他握手,何况恋爱。每次听完他的采访过程,我必有很长时间无法回到正常的生活。现在他把对生命的关怀转移到植物和动物世界。如此,他念兹在兹的生命三部曲总算有个交代。

是的,终其一生,都是要对自己有个交代。前一日下午五点,我走出杨开慧故居,践行承诺,从七十公里外的板仓赶往长沙城,去见几个三十二年不遇的同学。先是转三次公交,最后拦了一辆电动自行车冲进长沙城。此时的长沙,每条道路都是停车场,一座城市的光芒来自无数车灯的照射。时间接近七点,我也接近了解放西路,见到了他们,尽管他们中间有些人的名字,我只记得最后一个字。但这不妨碍我们醉一次酒,这也是一次交代,对青春怀想的交代。

"停车坐爱枫林晚"到底写的哪一处"枫林",有人说是姑苏的寒山,有人说是青州的仰天山,或者安徽的某座山。杜牧不止一首诗引发这样的纷争。他写了"牧童遥指杏花村"之后，无数的村庄都说自己就是杜牧写的杏花村。其实，哪一处"枫林"并不重要，重要的是因为什么"停车"，是爱红色的枫叶，这就对了。说到我，湘江北去，我却数次在岳麓山下驻足，是因为长沙旧友和他讲述的上海知青？是因为青年时代的同窗？是的，是因为他们，以及那些担着命运在湘水大地奔走的熟人、陌生人，他们都怀着对人生要有交代的神圣。

武汉

此间有草木

◇ 侯国龙

总体说来,我对南方的印象并不太好。我知道,这么说是偏颇的。

这多半是因为我不爱出门吧。我即便出门也只喜欢走老路。我讨厌任何拐弯抹角的方式,靠近或者路过都是很糟糕的体验。

而且我平日也是以清淡、简单的饭菜果腹。当然,完全这样也是做不到的。也可能是因为太过适宜不辣不咸不甜不腻的口味,从而导致我味觉系统的懒惰,不愿意再花精力去尝试、妥协别的口味。

这并不是最坏的影响。吃饭和说话都是舌头的行为艺术。从某种程度上来讲,这与我对语言的辨识能力差是有莫大关系的。我常常对他人言语里的韵味心生顾虑,怕闹出笑话。

几年前,我曾对一位朋友说:"长沙是一座我想去却不敢去的城市。"她笑笑,没有当场流露出因我这句话带来的尴尬。她有很不错的文学素养。她应该知道我所说的并不是针对某一座城市,而且我只是一个极端的个例。

她说:"你怕辣。"我说:"是的,怕辣。"

我们就这样笑笑,再也没有联系。后来因为工作原因,我每年都要去南方出差。算起来,前前后后经停长沙应该不下十次了吧。

现在来看,她的理解是对的。像我这样的人,从未刻意闯进一条复杂、陌生的道路。若是非得踏入,那必定是无意间安排好的。

多年过去了,我也从未主动接近过这座城市。长沙俨然成了我的防空识别区。每次停车均是隔窗相望。倒也有过下车看看的闪念,但身子却一动不动。等火车鸣笛,我才慌忙掏出手机拍一张"长沙南"的站牌。

许是停靠得多了,到我真正走出车厢的那一刻,长沙已经不再陌生了。不热不燥的温度,沿路已是一派初秋的景象。这和我的城市是差不多的。

"河东是湘江的东边,河西是湘江的西边。"朋友又忙着补充说,"岳麓山这边就是河西,过了桥是河东。"

一座城市的东西南北就这样被划分开了。在我的城市,我每天奔走在无路可选的环线上,埋身钢筋混凝土的丛林,像只甲虫,从南爬往北再从北爬往南。

我厌恶这种生存模式,做过很多困兽之斗,可每次都是缴械投降。我离不开妻子、孩子,他们是城市的俘虏。

在开慧镇锡福村,我在一家"草木恋"小屋门前停下。听旁人介绍,这是一家做"草木染"的手工坊。

"源自植物,流经双手,沉淀于水,固色于光。以古代青、赤、黄、白、黑五色为基本色。"

店门上着锁。艺人去后山采摘植物原料了。我从卷栅缝隙里，望见一批半成品染布，一堆红的、黄的花束。

我参观过很多被称为"美丽乡村"的中国村庄，所以，我一般不喜听人介绍。我甚至可以整天挂着相机不拍一张照。我很害怕，这些人会变得和我一样，远离土地，远离草木，而我却成了唯一的取证人。

在不用忧虑温饱的当下，我们纷纷回望故乡、建设故乡、书写故乡。不可否认，土地慢慢开始得到尊重。当我们真正靠近故乡的时候，才知道我们离开土地太久了。我们煞费苦心地用现代科技包装城市和自己，试图用最先进的技术解决现实困境，而只有此时才知道没有包装过的家乡是多么可贵。那里的一草一木，都储存着成长的记忆。一株草木，它应有的春天、夏天、秋天、冬天的样子，知它的生死，知它卑微倔强的一生。

"这该是一件多么美丽的事啊。"

我和友人坐在乡村酒吧的阳台上，和他谈及那些没有包装过的土地，探讨美丽的本质。我们甚至聊起生命的意义、自由和平等，这些没有现实答案的问题。

微风拂过，风里有桂花香味。不远处的田地里有人在劳作。金色的是沉甸甸的稻穗，它们即将被收割，加工成碗里的米饭。

那是草木的味道。

在这一点上，这里的孩子应该是幸福的。他们不用被爸爸妈妈专门腾挪出时间，然后带进大棚里参观一个叫植物园的地方。一家人用手机扫码，听自助讲解，这是什么花、在什么季节发芽；哪些是我们的盘中餐，哪些是药材。

在这个叫锡福村的地方，它有乡村的尊容，阡陌纵横，鸡犬相闻，充斥着开门就可以看见艺术的自然美。

土地有它的颜色，村庄有它的情绪，而这些都与草木的繁茂与枯荣自然而然地联系在一起。

不像我，在高楼的阳台上，小心翼翼地养一盆吊兰、芦荟，最后眼睁睁着一盆盆地死去。我长年累月地关注它们的生死，观察它们的色泽，担心它们需要的酸碱度、它们适宜的冷暖。我希望能给它们建一座草木的村庄。那里没有林立的大厦，没有机器的轰鸣，只有爱的土壤。

尘世间那么多无所事事的人，那么多是是非非的东西存在。人其实是最不可阻挡的洪流。我在车站见到的那些人，多么像背着壳的蜗牛。他们一边安家，一边流离。

只有草木没有离开过村庄。只有草木不会贪恋自身的美丽，也从未哀叹过自己的艰辛，甚至也不会忌惮自己的死亡。

遇见一个人和遇见一株草木，道理是一样的吧？我们在各自的角落盛开，摆出春天或是秋天的样子，是否也曾有过同样的等待。

但我终究应该学会克制，做一位不再轻易拔剑的剑士，行走草木之间，不再给自己那么多的选择，不再制造那么多的考量。

遇见就是恰当的时候出现，恰当地做出一些相应的改变。而不是遇见一件美的事物、喜欢一件东西就要拥为己有。

此时，我坐在书房，在地图上查询那个叫锡福村的地方。那是我最近才去过的一个南方村庄。那里的草木，距我八百里。

三江笔会，长沙之美

◇ 蓝九九

首次来到这座充满柔情的城市，是受长沙市作家协会之邀，参加庆祝改革开放四十周年第六届"三江笔会"暨网络文学与时代精神座谈会。

大巴车驶过橘子洲大桥，望着缓缓流动、温柔静谧的江水，我的内心是从未有过的平静。湘江的空灵，湘江的透明，湘江的温馨，仿佛一只温柔的大手，能抚平都市生活的所有躁动。柔和的江风，让我情不自禁地放慢脚步，去感受长沙古朴和繁华相交融的气息。

抬眸望去，是浩气回荡的橘子洲头。湘江江心的沙洲，如林园般美得不可方物，让人不由得想起了毛主席那脍炙人口的《沁园春·长沙》："独立寒秋，湘江北去，橘子洲头。看万山红遍，层林尽染；漫江碧透，百舸争流……"洲上种的数千株柑橘数，每到金秋时节，便结下橘果累累。远远望去，如盖上一层金色的薄纱，美不胜收。洲下两侧的平坦河滩，流淌着轻柔的湘江水，盛夏时晚风吹过，好像看到有人戏水纳凉。

毛主席的巨型汉白玉纪念碑，飞峙在湘水之上，雄伟壮观。仰望着那巍峨的雕像，我的内心为之震撼，透过它感受到了伟大领袖传扬下来的红色精神。雕像正面镌刻着的手书"橘子洲头"，仿佛带着历史和文化的积淀，韵味无穷。

晚间入住枫林宾馆，背靠岳麓山。星子像钻石般镶嵌在天幕上，微凉的夜风徐徐吹过，带来秋天硕果的芳香和长沙甘甜的气息。

第二天上午，举行启动仪式，三江作家就网络文学与时代精神进行座谈交流。"书生意气，挥斥方遒，指点江山，激扬文字……"传统文学与网络文学的融合，作家们精彩的思想碰撞，让我感受到了更与时俱进、求真务实的时代精神。

在长沙市作协热情的带领下，下午我们赴开福区采风。博物馆远远望去，宛如一块精雕细琢的宝石，给人雄浑的壮美之感。走近了，体会到其中的安静沉着，我不由得放慢呼吸，去细细欣赏这座独特的城市博物馆。

入口大厅是一块巨大的屏幕，流动着长沙的山、长沙的水。伴随着工作人员甜美的声音，我从大屏幕上俯瞰长沙，将万千景象，尽数收入眼底。往里走是各个展厅，我了解了长沙的民俗、长沙的艺术、长沙的文物以及长沙伟大的革命历史。在顶层，布置有九百平方米的无柱网城市规划展厅。结合城市发展图片展厅、城市规划展厅、开放式多媒体展厅等，越发突显长沙风光秀美、山河壮丽，长沙的文化博大精深。

逛完"三馆一厅"，我们跟着好客的长沙市作协，来到了中共湘区委员会旧址参观。这里位于长沙市城东清水塘，环境僻静。右边是碑林，雕刻着毛主席创作的诗词，笔力苍劲。广

场正中央立着毛主席雕像，他正向人民抬手示意，我心中不由得肃然起敬。位于后方的毛泽东、杨开慧故居，青瓦砌成平房，青砖砌成外墙，围墙庭院，水塘竹屋，十分雅致。

随着太阳西斜，我们出发去往西园北里。这里两厢翠竹，白墙黛瓦。沿着中间那条蜿蜒曲折的麻石路，可见古朴的居民生活、沧桑的传统街巷、协调的年代建筑，能感受到静谧的书卷气息。在悠悠古巷，寻访名人志士留下的踪迹。青色长石，白色浮雕，各处历史景点、民居，组成了留住长沙记忆的历史街巷。

回到住处，枕着浓厚的文化气息，我进入了甜美的梦乡。

翌日，我们出发参观长沙浔龙河特色艺术小镇。小镇按照建设"城镇化的乡村，乡村式的城镇"的目标建设，让农村既拥有优美的生态环境，又享有和城市一样的便捷。这里房屋精致，绿色生态，美不胜收。

带着舒缓而愉悦的心情，我们从小镇离开，来到了田汉文化园。田汉同志是中华人民共和国国歌《义勇军进行曲》的词作者。在这里，我了解到了他生平的事迹。这位杰出的无产阶级文化战士、中国现代最杰出的戏剧家之一，一生创作的剧作、歌词、诗词，为我们中华民族留下了丰厚的文化艺术遗产。田汉同志为反抗压迫而战斗、为人间正义而讴歌的精神，让我感受到了灵魂上的战栗。

直到跟随着长沙作协的朋友，到了鸡犬相闻的锡福村，我震撼的心情才平复下来。抬眸望去，乡村田园，石板清溪，阡陌交错，我想起了家乡的故土，内心被温暖柔软的农耕情愫填满。徒步行走在这个山清水秀的小村中，听鸟语花香，看云舒云卷。得闲时，不妨放下琐事，沏一壶清茶，坐在乡间阁楼，偷得浮生半日闲。

最后来到杨开慧故居纪念馆，园内青松翠柏，虬枝曲干，翁郁青葱。走在桔红果熟、丹桂飘香的陵园内，读着纪念碑上的故事。作为毛主席敬爱的妻子、优秀的革命先烈，杨开慧同志大义凛然、舍生忘死的崇高气节，令我深深为之触动。

怀着百感交集的心情，三市作家结束了为期两天的采风。

由于台风影响，高铁停运，我们武汉的作家在长沙滞留。因祸得福，这多出来的一日，我和朋友登岳麓山，游书院。湘江西岸，古木参天，浓荫蔽地，层峦叠翠。大门两旁悬挂着对联"惟楚有材，于斯为盛"，浓郁的书卷气息扑面而来，带给我前所未有的轻松和宁静。

穿过岳麓书院，见"停车坐爱枫林晚，霜叶红于二月花"的爱晚亭。枫叶经霜，随风指面，和青山交相辉映，景色端丽。蓝天白云，兰芷芳馨，置身其间，心旷神怡。

此次"三江笔会"，看各异景色，引人入胜。长沙之美，不仅美在旖旎风光，其深厚的底蕴、历史的积淀，更让人刻骨铭心，荡气回肠！

爱情之城

◇ 张柳

来长沙的第一天，我就病了，嗓子很不舒服，第二天扁桃体发炎，整个人就如同霜打过的茄子，蔫了。但是，生命里这是第一回，我感谢我病了。

文学界的诸位有名的老师们，带着生着病拖后腿的我，一起去参观杨开慧故居纪念馆。当时我病得无法下车，同行的一位长沙的老师竟然懂针灸，四针下去，我整个人精神了许多，便跟着一同进去参观。也就是在这个故居里，我了解到了杨开慧女士的生平。

也许是人病了，就能静下心来，令自己不将所有的眸光，放在这座城市的繁华上，却是用自己的细腻的心，去感受一切美好的情感。当得知杨开慧女士与毛主席相知相识相许到牺牲的所有过程，我站在她的雕像前沉思。

是怎样的爱情，会让一个女人，在爱上一个男人之后，爱上他的一切。是怎样的爱情，会让他们彼此相知之后，在心灵的深处找到共通的理想，并且一起为之奋斗。又是怎样的爱情和怎样共同的理想，让这个女人最终付出一切，甚至牺牲生命，在所不惜。

我不停地在心中发问，却找不到一个答案，于是便留下万千感慨，踏上了回程的车。一路上，我闭眼思索。就在这时，同行的一位长沙市作家协会的老师，忽然与我说话。

她告诉我，自己有一个独生的女儿，高中的时候，遇见了一个男孩子，等到大学，两个人就在一起了。我一听又是一个爱情故事，于是立即打起了十二万分的精神，开始刨根问底。

老师笑笑，带着宠溺的眸光，与我细说起自己的女儿："他们大学毕业之后，男孩子要出国留学，我女儿说她也要去。我说好，就办好了手续准备送她去，可男孩子后来不去了，我女儿却还是坚持要去，我就送她去了。"

"那后来他们分手了吗？"我意识到这个问题暴露了我的低情商，但又觉得自己问得很实际，毕竟他们变成了异国恋啊。

老师笑着摇头："没有，我女儿在加拿大待了两年，突然有一天，她很开心地告诉我，说'妈妈，他们家想要我结婚，我想回国结婚'。我就同意了，说'那你回来吧'。他们现在结婚了，我女婿对我女儿很好，家庭也经营得很不错。"

我听着，脸上不由得也染了笑，语气里多少带了两分羡慕："看来是真爱啊，真的不容易，异国恋两年还是能走到一起，现在异地恋都很容易就分手呢。"

老师听了，也笑。

我思索了一下，又问："那为何您的女婿当初不出国留学了，女儿却还是坚持出国了呢？"

老师立即笑道："我当时也问她啊，但是她告诉我，'妈妈，我想要去学习，我提高学历和能力，他们家才不会小看我呀'。"

我顿时眼前一亮，忍不住开口道："您的女儿很有智慧，她知道把自己打造成一个品牌，知道提高自己的价值，让自己去匹配自己喜欢的人。这样的女孩子，出嫁了，在夫家地位也不会低的，她应该知道怎样经营生活。"

老师听着，也点头说道："是啊，我的女儿一直很有主见，我觉得她想得很对。"

我又问："您的女儿和女婿，都是长沙人吗？"

老师点头："对，都是长沙人，现在也都生活在长沙。"

话锋一转，老师又提起，她跟自己先生的故事。"我年轻的时候遇见他，他的形象，大概就是你们说的那种混混的样子，穿着个性的衣服，留着个性的长发，但是我很喜欢他，因为他的诗才很高，他的诗写得很好，把我迷住了。"

我笑问："您当时非常欣赏他的才华吗？"

老师点头，接着忍俊不禁道："是啊。不过因为他当时的穿着和打扮，看起来实在是不像正经的人，所以我的父母极力地反对我们的婚事。"

这下，我的心也跟着提了起来，赶紧问："那后来呢？"

她偷笑了一声，告诉我："后来我采取了迂回战术啊，我看父母极力地反对，于是就去找我舅舅，让我舅舅撇开对我先生穿着打扮的成见，与我先生交流了一会儿。我对我舅舅说，如果觉得这个人不错，就帮我在爸妈面前说几句好话。我舅舅见了他，跟他谈论了诗词和为人处世的看法，果然觉得他不错，就说服了我的母亲，我就跟我先生结婚了。"

我听得忍不住就拍了一下大腿,竖起大拇指:"您可真机智!"

这可不是嘛,女孩子们,寻常看到父母反对自己的婚事,总是要么就放弃了,要么就硬着背脊梗着脖子跟父母硬来到底,最终常常两败俱伤。但是她却知道,用迂回的手段,让舅舅来帮忙,成就这一段美事。

现在回头想想,我一个二十岁出头的小姑娘,对着一个四五十岁的老师,拍着大腿竖起大拇指说"机智",这个行为估计很冒失,但是老师并没有跟我计较,只是捂着嘴笑了。

接着,她拿出了手机,给我看她先生写的诗和歌词。她一边给我看,一边用一种嫌弃的口吻对我说:"你看,这是我先生写的诗,我都懒得看,他每天都写,我现在根本都不看。"

她说她不看,但是,从她脸上的笑容和溢满幸福的眼神里,我分明看到了她在提及先生写的诗的时候,那种骄傲与满足;我分明在她的眼睛里,看见了炽热又绵长的爱。这样的神情刻画在我心里,久久挥之不去。

结束了长沙的行程,回到武汉,我便约了好友去吃火锅。她笑着问我:"听说你去长沙了?你这回去长沙,有没有什么收获啊?"

我往嘴里塞了一块肉,极其愉悦地说:"挺好的一个地方,不知是因为文化底蕴深厚,还是因为枫叶太美,爱情在那里遍地开花。你最好也抽空去一下,说不定会在那里遇见你的白马王子。"

她有些惊讶地瞥了我一眼:"还有这么一说?"

我咬着筷子想了想，忽然提议："要不然下次咱俩一起去，说不定还能一人带个男朋友回来。"

她的眼睛也亮了起来："好啊，一起去。"

我继续吃了起来："嗯，那就这么说定了。"

传承与发展

◇ 张海

我曾去过许多大都市,但说来奇怪,偏偏就没有到过长沙,这个离武汉最近的省会城市。

兴许是每次准备出门都想着能尽量走远一点,也就一直没有将长沙列入选择名单里,就像我也从未去过湖北省其他城市一样。这次有幸应长沙作协的邀请参加第六届"三江笔会",也算是弥补了我心中的一个缺憾。

对我这种热爱旅游的人来说,每到一个城市,都喜欢给这个城市贴上一个能让我加深记忆的标签。北京的"庄严和隆重",成都的"充满生活气息",上海的"现代化繁荣",还有昆明的"宁静与平和"等。

长沙,我给出的标签是"传承与发展"。

当然,我所贴的标签只能代表我个人的感受,就如同莎士比亚所说的,一千个观众眼里有着一千个哈姆雷特。同样的,我想每个来过长沙的人对这个城市应该也都有着属于自己的标签。

没记错的话，这次"三江笔会"的主题是庆祝改革开放四十年以及畅谈网络文学与时代精神的联系。

我注意到，长沙作协对这次挑选的参观地点是下了功夫的。正如我之前所贴的标签，这次我们前往参观的所有地点，都与"传承和发展"息息相关。

传承，自然是指传承革命先辈的那种勇于牺牲、敢于斗争的英勇精神。从保留了毛泽东和杨开慧旧居的中共湘区委员会旧址，到充满民国气息的西园北里；从田汉文化园，到杨开慧故居，都让我感触良多。

纸上得来终觉浅，大概就是我在参观这些地方时内心最真实的想法了。

许多故事，许多道理，在课本和传记上看到的时候终究没有太多感触。可当我亲自来到这些故事发生的地方，亲眼见证了这些历史的痕迹时，才有了一种真实的感觉，不说感同身受，却也是久久不能平静。

此行让我更深刻地了解到了革命先烈们的伟大，也拉近了我和先烈们的距离。

发展，则是指长沙对未来的规划。在这方面，长沙同样是让我眼前一亮。

在参观"三馆一厅"的时候，让我印象最深的大概就是三馆之中的长沙市规划展示馆了，结合高科技展厅的规划展示馆，让我以最快的速度了解到了长沙这座城市的全貌，也让我对长沙的未来发展产生了极大的兴趣。

如果说长沙市规划展示馆只是让我在脑海里大致勾勒出了一副关于长沙未来的泛化蓝图，那么接下来参观的西园北里，则无疑是给这并不丰满的蓝图填上了细节,让我脑海中的画面变得更清晰起来。

西园北里是一个充满了历史气息的地方。

据说在民国时期,这里住着的都是达官显贵和名门望族。不止如此,这里还发生过许多惊心动魄、荡气回肠的故事。黄兴、张灵甫、刘少奇、李立……许多历史名人都曾在这里留下了属于自己的故事。

但更重要的是,西园北里是一个充满了历史气息的地方,可它却不仅仅是一个充满历史气息的地方而已。它并不像我过去所看过的许多名胜古迹一样,被专门空出来,仅供游客参观和访问。

在西园北里,几乎每家每户都居住着人家,只有极少数几间是空着没住人的。

在这里,我看到了历史与时代的碰撞,看到了故事和生活的交汇。我仿佛可以看到那过往的种种,也在不同的时空里正同时上演着。

我是一个喜欢幻想的人,这也是作为一个网络作家所应有的本能。

我写过许多穿越时空的故事,我也曾无数次幻想,如果我有机会与历史中的名人们见面,会摩擦出怎样的火花呢?

那一刻,当我置身西园北里,当我看到生活在西园北里的人们跟这个充满历史气息的地方共同构成了一幅奇特的画时,我痴了……我仿佛走进了历史,回到了过去,亲眼见证了发生在这里的无数悲欢离合。

事后回想,西园北里的这种将"传承与发展"紧密结合的

模式，或许才是我最希望看到的未来的长沙吧。

在21世纪的今天，高楼大厦早已不是衡量一个城市是否发达的标准，众多的大都市宛如一个模子里刻出来的，毫无特色可言。

长沙，这个有着许多革命故事，充满了历史气息的城市，它的未来让我期待。

我想，我还会再来的。

也许当我再一次来到这里时，它又将以一种完全不同的面貌出现在我眼前，那时，也许我会给它贴上不一样的标签吧。

长沙的长，长沙的沙。

不虚此行，不虚此行。

长沙的沙

◇ 张萌（江一深）

在长沙的最后一晚，我是遗憾的。

我遗憾从橘子洲大桥走过，却没有踏足橘子洲头；我遗憾住在岳麓山脚，却没能一访岳麓书院。于我而言，去长沙却去不了这两个地方，是人生的一大憾事。

所幸，这个遗憾并未伴随我离开长沙。

提起长沙，我的第一反应就是毛主席《沁园春·长沙》中的"独立寒江，湘江北去，橘子洲头"。

橘洲，橘子之洲，是湘江的一个江心小岛。小岛将湘江一分为二，这种浑然天成的景观，本就是大自然的一个奇迹。前有杜甫"桃源人家易制度，橘洲田土仍膏腴"的诗句，后有毛主席在橘子洲头明志，"问苍茫大地，谁主沉浮"。既有诗情画意的景色，又有激扬豪迈的气概。

从火车站到酒店去的路上，大巴行至橘子洲大桥，原本睡意昏沉的我在看到远处那一抹突出的花岗岩雕像时，忽然振奋地坐直了身体，视线紧紧地追寻着那座伫立在橘子洲头最前端

的雕像，满心的震撼。当时心中唯一的想法就是，这次来长沙，我一定要去橘子洲头，站在毛主席的雕像之下，感受毛主席当年在此是如何的挥斥方遒。

当晚，我又一次来到了橘子洲大桥，这次是步行。江风习习，夜色璀璨，在星光与灯光的交错下，放眼望去，只能依稀看到一个暗沉的影子，隔得太远，并不真切。此次"三江笔会"，行程满满，我琢磨着若是能夜访橘子洲头，也是一个不错的选择。奈何时间太晚，橘子洲景区已经关闭，只能悻悻作罢。但心里对橘子洲头的念想，反而更加浓郁了。满心的想法就是，无论如何也要找机会去一次橘子洲头。

我们住的酒店就在岳麓山脚下。

去不了橘子洲头，我还有第二个期待——岳麓书院。

第二天一大早，我和卢老师兴致满满，约好爬岳麓山。出门的时候天还没亮，昏黄的路灯拉长了我们的身影，我们的脚步却很轻快。走在岳麓山山道上，跟随着晨起锻炼的老大爷老太太们一路向上。

岳麓山，因"南岳周围八百里，回燕为首，岳麓为足"而得名，融中国传统文化精华的儒释道为一体，形成了岳麓山文化。我并不太懂这些。

于我而言，岳麓山、岳麓书院，就是一种信仰，是一种对于历史文化的崇敬和敬仰。

只可惜我和卢老师从一开始就走错了上山的路，晨间在岳麓山寻迹无果，只能失落而归，心里却琢磨着还能不能腾出点时间再来，再到岳麓山上走一次。

只可惜，两天的行程匆匆结束，行程满满，根本没有时间再走一趟岳麓书院。

离开长沙前的最后一夜,我与卢老师聊天时,还无比遗憾。此次长沙之行,没有去到橘子洲头,看层林尽染,万山红遍,也没有登足岳麓书院,看上一眼挂于岳麓书院门口的那副楹联:"惟楚有材,于斯为盛。"

没想到峰回路转。当天夜里,我们接到消息,因为台风山竹的影响,回程的高铁取消了。惊讶的同时,我的内心是欣喜的。走不了就意味着我们可以在长沙待更长的时间,有了时间我就能去橘子洲头,我就能登岳麓书院。

离开长沙的最后一天,一大早和卢老师赶去火车站退票后,我们调转方向就去了橘子洲头。烈日之下,一行四人终于踏上了橘子洲。脚踩上橘子洲的时候,我的心里蓦然有一种踏实的感觉。虽然不知道这种感觉从何而来,但心头却涌起了一股期待之情,想要马上走到那座最为壮观的青年毛泽东雕像下。

小火车载着我们从橘子洲大桥下到了橘子洲头。站在江边,江风迎面吹来,手里还握着橘子洲的橘子,很甜。

抬头,终于从层层柳叶中,看到了那座意气风发的青年毛泽东雕像。

胸口一股自豪感忽然涌现,即使是一座石雕,可伫立在这里,经过风吹雨打,仍然在烈日下仰首挺立,豪情万丈。依稀能够感受到当年毛主席站在这里的时候,是如何的意气风发、胸怀天下。

我说不清那是一种什么样的感觉,仿佛自己一下子变渺小,而心胸却一瞬间又开阔起来。

我寻思着,这应该就叫作通透。

武汉

离开橘子洲头后,我们又去了岳麓书院。我冲着信仰而来,终于站在了四大学府之一的岳麓书院。

"惟楚有材,于斯为盛。"这幅挂于岳麓书院门口的楹联意境深远、气势豪迈,我终于有幸得见。

千年学府,其身后的历史文化底蕴早已不是一朝一夕之间能够读懂的。每一组院落、每一块石碑、每一枚砖瓦、每一支风荷,都闪烁着时光淬炼的人文精神。

历史文化,即是传承。

讲堂是书院的核心,里面有四块大字石碑,上面写着"忠"、"孝"、"廉"、"节"。据说,是朱熹所书。走进讲堂,就会不由自主地被这四个字所吸引,仿佛有一股魔力,释放出巨大的感染力,让人的思绪完完全全地被吸了过去。

这四个字,遍及天下,以示训诫。

那一刻,我忽然意识到,我们所学的,我们所做的,远远还不够。

往来长沙,不过三百多公里的路程,四天行程,却已是足迹遍布大半长沙。期间女儿与我视频,用她稚嫩的童声问我:"长沙是不是有很多的沙?"我笑答:"长沙没有沙。"后想起初到长沙获赠的书籍《长沙的长,长沙的沙》,有些懊恼自己心直口快,心里不免感慨,长沙又怎么会没有沙呢,长沙的沙不在地上,不在江边,而是在每个长沙人的心中。

此行长沙,圆了我多年的夙愿,离开之时,心中已毫无遗憾。

邂逅长沙

◇ 董啸

当我知道这次笔会的地点是长沙时,我非常激动,长沙是我神往很久的地方。那里有个地方叫橘子洲,因为伟人的一首诗让我对它魂牵梦绕已久,所以我很期待这次的"三江笔会"。

"三江笔会"是由长沙、南昌、武汉三地作协联合举办的。当我与武汉作协的前辈和作者们汇聚一堂的时候,对此行的期待更甚,大家都充满了期待。

我们到了长沙,受到了热情的接待,随后我们下榻笔会的酒店,位于岳麓山的枫林宾馆。

地点的选择也能感受到长沙作协的用心良苦,人文情怀无须赘述。

会议之上,大家都踊跃发言,让我们都感受到了改革开放四十年带来的变化,还有在这个时代网络文学应该具有的时代精神。

而我,早就想去橘子洲,一睹真容。

在我怀着激动的心情第一次远眺湘江中心的橘子洲时,才

发现它的形状很像一把琵琶。也许在那遥远的年代,一位缥缈的仙女不小心将它遗留在此,才造就了长沙的人杰地灵和后来脍炙人口的伟大诗篇。

我怀着忐忑的心情终于踏上了橘子洲,放眼看去,全是幽碧的绿草,还有那不知名的花朵。嗅着草的清新、花的芳香,伴着粼粼的、滔滔的江水,走在橘子洲上,如同走在水墨丹青的画卷里一般。

橘子洲风光美景,看不够,赏不完。而我却不知不觉已经走到了洲头了。

远远地就看见毛主席青年时代的巨幅艺术雕塑,庄严巍然屹立着。我仿佛看到伟人正意气风发地站在那里咏流传千古的伟大诗篇《沁园春·长沙》。

独立寒秋,湘江北去,橘子洲头。
看万山红遍,层林尽染;漫江碧透,百舸争流。
鹰击长空,鱼翔浅底,万类霜天竞自由。
怅寥廓,问苍茫大地,谁主沉浮?
携来百侣曾游,忆往昔峥嵘岁月稠。
恰同学少年,风华正茂;书生意气,挥斥方遒。
指点江山,激扬文字,粪土当年万户侯。
曾记否,到中流击水,浪遏飞舟?

多少人是因为这首词,对橘子洲神往已久;又有多少人是因为这首词,一定要来橘子洲看看。

橘子洲本来就很美,因为毛主席的一首《沁园春·长沙》,

美上加美，就更美了。

如今，终于有幸踏上橘子洲，沿湘江边踱步，细细地品味着伟人曾经看过的炫丽景致，琢磨着诗篇对应的情怀。

微风轻拂，我站在橘子洲头面对着滚滚的湘江，伸出双臂闭上双眼感受着那种情怀。

仿佛看到那个意气风发的伟人"指点江山、挥斥方遒"的情怀，"恰同学少年，风华正茂"的激情。"问苍茫大地，谁主沉浮"，这是何等的豪情啊！

曾有人面对江水，发出"逝者如斯夫"的感慨，也只是对时间流逝、风华易逝的感伤。

曾有人面对江水，道出"对潇潇暮雨洒江天，一番洗清秋"华美诗句，也只是对花前树下、风花雪月的欣赏和赞美。

曾有人面对江水，吟唱"问君能有几多愁，恰似一江春水向东流"的佳句，也只是对人生、对自我的感叹。

而他却面对江水，吼出"指点江山，激扬文字，粪土当年万户侯"铿锵有力的豪情壮语，在为大好河山沉沦而悲愤的同时，坚定了收拾旧河山、建立新世界、乘风破浪、激流勇进的雄心壮志。

在那个暴风骤雨、朝不保夕的时代，各色各样的人物相继出现，接连登上历史的舞台，可一些人物在诞生，也有一些人物被淘汰而消亡。

他这个操着湖南口音的名不见经传，却在以后的岁月里令九州变色的小人物，论学历，没留过英美，喝过任何洋墨水，只不过是一个普普通通的师范生；论经历，没有行军打仗的任何指挥经验，也没有上过一天正规的军校；论时机，不过是当时众多政治军事力量中一个微不足道、人单力薄的小党派而已。他也不是领导者，还屡受挫折与打击。

可恰恰是他，"运筹帷幄之中，决胜千里之外"，带领这个成立初期才十几个人的小党，披荆斩棘，兢兢业业，摸着石头过河，终于建立了一个崭新的新中国。

在我彷徨失落的时候，有时也会对着浩瀚的星空深思。大千世界，亘古至今，在这个蔚蓝的星球上，自己只不过是茫茫人海中微不足道的一个小浪花，而地球也只是浩瀚宇宙中一粒微小的尘埃而已。

著名的哲学家康德也曾经说过，在世间，最能使人震撼的只有头顶上这片浩瀚的星空。这样想着，就会产生一种孤独的无力感。

每次捧读伟人的诗词，结合伟人的一生，从他的一言一行，从他的字里行间，我都能得到人生的启迪、人生的奋发、人生的豪迈，刹那间化解掉心中的不快，使我在绝望里汲取到前进的信心和力量，收拾好心情继续自己人生的方向。

站在橘子洲头，脑海里翻滚的是对世事沧桑的无限感慨，内心激越的是奋力前行的壮阔波澜。

橘子洲，它不仅仅是一个小岛；橘子洲头，它不仅仅是留下些许脚印痕迹的一隅。它成为了一个标志，它蕴含的是一种思想，昭示的是一种精神。

南昌

岳麓山畔会故人

◇杨帆

长沙是我出省游历的第一城。人总是记得第一个,在我并不强悍的记忆里,算是较深刻的一次出行体验,以至长沙给我的感受同别的城市不一样。二十五年前,应是春天,火车缓缓停靠的城市,在我眼里就是一个外面的世界。这世界对一个少年打开了,打开的是浪漫主义,梦幻一般的,关闭的是现实主义。那是人生中一道不大不小的关口,学画一年,应考的头一个学院在长沙。学院名字记不得了,到现在也该改名了。在火车抵达之后,我和同伴们背着画夹找旅馆,在街道上转悠时,天黑了下来。我们并不慌张,在那个年纪,就好像彼岸盛世等着我们一样,心理上除了临考的兴奋,没有一丝不被这个城市接纳的顾虑。我记得头顶是一片天,黛蓝的夜幕缀满了星辰,雨后的空气清新鲜甜,令我放松。当晚我没有研究画册揣摩考题,撇下那堆水粉颜料,走出旅馆。那时我胆子很大,不是很懂事,也没有碰过壁,意气风发,跟着师兄师姐一路逃票,翻越铁轨,与当地票贩子、小罗汉打交道,取之不尽的生活热情

与欢乐。那个夜晚的游荡，我并未觉出这座城的不同风光。说起来，中国的城市是大同小异的，何况长江一带的中部地区，路子与格局差不太多。20世纪90年代初，长沙给我的印象是清凉的、陈旧的，仿佛经历过煅烧的火红铁器，经过一夜雨水冷却下来。这个比喻可能不准确，请原谅在出逃的春夜里不着边际的遐思吧。那一夜，我在此地没有故人，本身是一个新人，体内保存着雨水、星光和洁净的空气，在迷路之后，不慌不忙地凭着信念摸回了旅馆。

故人也是有的。一个沈从文，尽管在千里之外的边城。我偷读了在父亲书架上的书。那些散淡文字，契合童年的孤独、封闭。好在有个翠翠，有年轻重情的水手，有面目各异的乡民、娼妓、刽子手，种种无聊与有趣，相伴众多清寂的时光。那些文字对应了湘江水，平静、开阔，偶尔发出清甜的磕碰声，更像是一道支流，譬如清浅、曲折的小溪，有鱼虾草石，也有涟漪漩涡，冬暖夏凉。早就想去一趟凤凰，朋友从吊脚楼带回的消息每每令人足痒。至今没有成行的原因，还是怕失望。如同曹七巧的女儿面对爱情的态度，好东西既然不属于自己，那就事先结束与它的缘分。这恐怕是暴政下所有儿女的心理，有教养的、没胆量的、可怜可悲的儿女们，惯于从梦里打量新世界，醒来继续将人生过成一场羞辱。我不妨保留这个梦，留待恰当的时节去领那空欢喜。

一个沈念，距离首次进城二十年后，我在长沙见到了这位鲁院同学。那时我们在第13届作家班结业不久，并不知晓几年后又将在第28届深造班重逢。同为班干，我们在开学联欢会上一起主持，乒乓球赛拿下混双冠军，又在结业联欢会上参演某个戏剧,我演他的继母,大概这是他对我恭敬有礼的原因所在。沈念是湖南五虎将之一,文字不见锋芒,超越他年纪的老成、沉静。尽管他比我小,所秉持的正统观念却比我严谨、坚实,散文集入选《21世纪文学之星丛书》也早我几年,近年又在中国人大创意班读研。我们在青创会见过一面,这一次算是有期而遇了。我不记得谈了什么,大概离不了那场戏剧,以及围绕戏剧衍生的一系列人事,物是人非下的感慨。后来我们第二次同班,同样是几乎每天一起打乒乓球,却并没有因为这些时光增加或减轻了交情。可以说,我们像是没有经历第二次同窗,尽管他作为宣传委员,在班里一系列活动中发挥了作用,包括帮我选诗朗诵的配乐、指导我打球赛等,我对他的回忆仍停留在五年前的同窗之谊中。鲁十三还有一个同学,曹惠,我第三次去长沙见到了。我们在武汉笔会时见过,她已经调到了省文联。在鲁院时我们住斜对门,常常一起去食堂吃饭,互相看过小说。那时她和沈念不在一个城市,结业不久听说她调到了长沙。她还是同那年一样,看上去温和、亲切、平易近人,像是没有经历多少岁月的风沙。

第三次来长沙,故人又多了一个。谢宗玉是鲁二十八的同学,作为沈念的同事兼乒乓球对手,我们三个经常一起对练。他球风绵长优雅,技术全面,属于班里的顶尖高手。他和沈念的对打很有看头,时而这个赢,时而那个胜,过程凶险、精彩程度不亚于世界杯现场。我作为业余投机选手,在其疲劳之际发动抢攻,拿下一局两局的预期往往奏效。这次见面,我发现他比那年更年轻了,面色细嫩红润,不知是不是跟他写童书有关。因为时间紧迫,他趁中午空档过来见我,我心里感到很温

暖。我要提前离开长沙，下午去另一个城市开会，上午联系他时并不指望见面，就是打个招呼。老谢不老，还升为省作协副主席，而又并无半分官架子，更像是一个浪漫主义分子，或者说有担当有包容的知识分子。他赶来了，带了一盒茶叶送我，还解释半天沈念的情况。沈念的情况我是知道的，本来要去看他一对可爱的宝贝，因为他正在外地参加中作协四十周年改开活动而作罢。老谢谈到他去年来过江西，应邀参加省作协组织的活动，因为在山里举办，就没有联系我。我询问他儿子录取武大的情况，彼此对儿女的前途交流了看法。还记得在鲁院某次社会实践途中，我们在火车上刚好同座，几乎没有合眼，牺牲了午休时间，一路就国家安全、社会发展问题展开口头的生死搏斗。时隔三年，那种心理上的亲近感还在，言谈上已失了锋芒和准头，犹如久不在握的球拍，难免带些中年人的曲折与迟缓。

如今我不画画，多年前抵达这城市的原因，已非今天造访的理由。我甚至没有余暇重游故地，自然心中亦没有当年兴奋、恐惧的激情，幻境的消失，逐年递增的世故，会不会损伤我手中的笔呢。长沙于我，更像是镜头置换、情境突变的时空隧道，华丽炫目，令人哑口无言。好在此地有故人，不会再迷路。午饭用罢，我们已经没有时间去几步之遥的岳麓山走走了。老谢为宽慰我，说山里枫叶并没有红，爱晚亭最美的月份尚未到来。应当留一个伏笔，在合适的时节再来长沙，登临山顶遍览秋色，在现实主义窄门闭合之后，更为深切、自由、神奇的星城大门将为我敞开。

鱼骨的记忆，或心脏的跳动

◇ 王芸

两千多年前游弋在湘江的那条鱼，如今以一枚鱼骨的形态镶嵌在岸畔。在它坚硬的骨质里，沉淀有纷纭的历史过往，文人墨客的诗吟、码头的喧腾、商贸的波涌、战火的硝烟、流变的日常……无人的时候，比如子夜时分，现世的喧声褪尽，那沉匿在骨架中的一切，会否随明晃晃的月光浮起、摇曳，散发出异样的光亮，复现某一瞬息的历史影像。在我的想象中，这一切是成立的。我固执地相信，但凡穿越时光、拥有累叠记忆的古老之物，都拥有我们难以预见的可能，那是漫长的时光赋予它们的异质。

曾听过一种说法，物质是有记忆的，一旦温度、湿度、空气的密度、气压等因素恰与历史上的某一时刻吻合，一丝不差地吻合，奇迹就会发生——如悬针下旋转的唱盘，那一时刻的历史场景会跨越时间的沟壑，在此时此地原样复现。人影车流、亭台屋宇、语声虫鸣，与现世的时空交叠一体，恍兮惚兮，一如梦境。

这枚鱼骨,在现世的名称是太平老街,形定已有两百多年。战国时期,始有长沙,它便陪伴着永流的湘江,那时它还是一条灵动活泼的鱼,散发出勃勃生息。在两千多年时光的绵延中,它渐渐衍化成一枚鱼骨,始终定格在这座城池的"心脏"部位。

鱼骨形态,似隐秘的通道,穿行其间,不经意地触动某一按钮,我们就可以回到时光深处。如果真有这样的奇迹存在,我盼望复现的是古老的太平街哪一段时光?

据资料记载,西汉以降,这一带就是整座城池的"心脏"部位,贾谊曾居住于此,至今留存有故居。唐宋时期,长沙县衙、古天竺庵、关圣殿、开元宫等皆设在此街。

"百万人家簇绮罗,丛祠无数舞婆娑"是元代诗人陈孚写下的诗句。满街绮罗,祠堂林立,繁华盛景在十四字诗句中尽显。据《马可波罗游记》记载,元朝时,潭州(从隋至元朝初期,此地名潭州)是长江沿线的新兴商业城市之一。因为依傍这条母亲河,太平街一带的江岸成为了黄金码头。每天船来帆往,商贾穿梭,物聚货散,太平街也如一条流动喧腾的河,经销粮食、油盐、南货的店铺和钱庄密布。

清朝时,这里成为商贸重地,街内开设有行栈、货号、店铺,经营鱼虾、油盐、颜料、花纱、南货。咸丰年间,此街上的乾益升粮栈、利生盐号、杨隆泰钉子铺、老通义油漆行远近闻名。至近代,辛亥革命前夕,革命党人和立宪党人的秘密机关也设在街内。

在一张拍摄于1925年的黑白照片中,湘江水面平展,一艘木船高扬起白帆。岸畔屋宇连绵,数座高耸的烟囱散立其间,无言地诉说着那一时期的繁盛。那时的太平街上栖息有多家洋行、货栈、茶馆。

虽无法避免战乱兵燹，这里却始终不曾位移，终如一枚鱼骨化石，拥有了密实坚硬的质地。

2015年夏日，我随"三江笔会"作家采风团一行漫步此街，在鱼骨骨架间穿行。比邻的店铺，波涌的人流，被古朴的形态包纳。三百来米长的主街两头，即是散发浓郁现代气息的街景。这座城池中最古老的街道，最核心的部位，依然在强劲有力地跳动。

当地作家介绍说，太平老街基本保存了明清时期的街巷格局。宜春园古戏台尚在使用，贾谊故居依然迎送着慕名而来的游客，除此，在鱼骨构架中还藏有雅礼大学堂故址、鲁班庙旧址、近代长沙救火队旧址、唐宋长沙县衙门故址等二十多处遗址。它们是这座城池珍贵的历史文化记忆，记忆之中积蓄着历史的能量，被一枚鱼骨化石紧密收藏。

在贾谊故居对面，造型古雅的江西会馆吸引了我们的注意。江西与湖南，两省渊源颇深，素来有"湖广填四川，江西填湖广"的说法，那是元末明初，因战乱而在中华大地上发生的大举迁徙，也让几地因血缘之亲而生发更紧密的联系。据说湖南的汉族，翻一翻他们的族谱，十之六七是从江西迁移过来的。

馆内有一文记载太平老街上江西会馆的历史渊源。历史上的几次大举迁徙，加上水路通达，江右商帮渐渐壮大，人数众多，涉业也广，繁衍成天下三大商帮之一。明朝时，散落四方的江西商人在各地纷纷建立万寿宫。江西会馆旧时多为万寿宫。当时各省在京城都建有会馆，尤以江西一省为多。

江西和湖南紧邻，一度景德镇的瓷器、临川的毛笔驰名长沙。来自江西的商人活跃在太平街、下河、坡子街几处商贸繁盛之地，经营药材、烟草、大米、茶叶、纸张、夏布等物资，当时的江西会馆层楼高耸，流丹叠翠，分外耀目。

而今留存在太平老街的江西会馆，木质门脸，走进去院落深深，烈日下带来的暑热，不多时就凉下来。我们仿佛走进亲友的家宅，纳凉饮茶，拍照留影。阳光透过雕花木窗棂，在木质桌面和兰草上落下光影，我们端坐其间，面目顿时有了古雅的端庄。

越三载，再至长沙，竟在现代气派的城市新地标"三馆一厅"中，与太平老街再晤。

此时，它以一脉红色线条的形态，静卧在长沙城的全景图上。解说员介绍说，这脉红线就是长沙最古老的街道。随后，它被放进更为阔展恢弘的城市数字化全景沙盘中。在数字化建构的虚拟图景上，林立的高楼，敞阔的街道，堆叠出日渐庞大的城市体量。而那条仅三百来米长的古老街道，似被淹没消隐其中，我努力辨别它的方位，它的所在，却难以辨识清楚。

但我知道，它存在于眼前由声光电构成的城市图景中，接续着这座城池的历史和未来，以强劲的搏动将滚烫的血液输送到城市的动脉，抵达大街小巷、角角落落。

它，依然是这座城市勃勃跳动的"心脏"。

辣饮湘江，且战长沙

◇ 安以陌

一、辣，长沙的味

曾有科学家分析，所有的记忆中，味觉记忆最为长久。我们总能够从一桌子的菜中，分辨出哪一盘是妈妈的手笔，我们也能够在异地他乡轻而易举地回忆起家乡的味道。

如今的城市建设大多大同小异，无论走到何处，见到的都是高楼耸立的都市景象。若不是手中那张火车票标注了目的地，初入长沙的我一时间怕是难以分辨自己究竟身处何方的。直到晚宴时，一口口湘菜入腹，伴随着舌尖浓香火辣的味道，关于长沙的记忆在脑海中复苏。那一刻，我才有了身处无辣不欢的湘江之畔的真实感。

辣，是长沙的专属味道。

长沙人爱吃辣已经举国闻名。中国有句俗话："贵州人不怕辣，四川人辣不怕，湖南人怕不辣。"因而这座如火一般热辣的城市，吸引了四海八荒的饕餮来战。

我们南昌人最贪口腹之欲，夜里出门，其他铺子皆已打烊，唯独那些烧烤摊子依然红红火火。或许因为两座城市距离不算远，南昌人和长沙人有着相似的爱好，都是那般地嗜辣。到长沙后，咱们最先奔向的不是美景，而是美食。

夜幕降临时，长沙的夜宵摊子遍地开花，太平街的空气中椒香扑鼻，弥散着让食客蠢蠢欲动的气息。坐在简陋的折叠桌椅旁，吹着夜风，随意地点上一碗臭豆腐或一盘口味虾，就可以和朋友聊上一整晚，这是长沙人最实在也最惬意的休闲方式。然而，却并非所有人都能消受。

长沙的辣与其他城市不同，长沙人不爱用辣椒油之类的调味料，而是惯用新鲜辣椒。做菜的时候，也从不遮遮掩掩，一盘菜端上桌，你可以看到红灿灿的辣椒盖满食材，嚣张得一目了然，只看你敢不敢下筷子。能豁得出去，才能尝得长沙菜的精髓。新鲜的辣椒入口，舌尖最初是热辣的灼烧感，但回味则带着蔬菜特有的清甜，本该油腻的食材被辣椒中和反倒只余鲜香。我喜欢长沙的辣，因为总能品出些苦尽甘来的哲学意味。

长沙的味道好似盛夏的果实，直白爽快，热烈浓香。记住了辣的滋味，便也难忘长沙。

二、勇，长沙的人

俗话说得好，一方水土养一方人。如此火辣辣的长沙，自然也养育了一群敢于吃辣、勇于尝鲜的长沙人。

我的好友却却曾写过一本关于长沙的小说，名叫《战长沙》，故事讲述的就是旧时长沙儿女的抗争往事。后来这本书被山影拍成了电视剧,火遍大江南北。

我来长沙的次数屈指可数,因而对于长沙的人的印象大多是来自于各种文学作品。《战长沙》中,前赴后继不畏牺牲的长沙老百姓让我记忆深刻,因而我总是忍不住问却却,她笔下的故事是不是真的?却却说,书里写的就是长沙人的过去。

这次"三江笔会",我有幸在长沙市城市规划展示馆,见到了它的前世今生。看着用3D技术还原的民国长沙城,脑海中情不自禁便会想起那一场大火,以及烈焰中拼搏的湘江儿女。听着讲解员讲述长沙的过去,我不禁唏嘘感慨。在长沙,这样举家救国,以倾城之力,以血肉之躯祭奠信仰的故事举不胜举。却却说得对,这就是长沙人的故事,血染湘江,铭刻历史。

安静地走在展馆之中,我默默地注视着一张张老旧的照片。身为一名创作者,笔下写过太多悲欢离合,早已经练就了铁石心肠,不会轻易被触动。但看着照片里那一位位年纪与自己相仿的年轻烈士们,对上他们坚定的双眸,想到他们的生命就此定格在如花般的年纪,我心底难掩震撼。我的家乡南昌,是军旗升起的地方,我是听着前辈们浴血的故事成长起来的,因而对于这一段历史有着由衷的亲切感。看到长沙故事的时候,我仿佛寻到了长江儿女血脉中共同的羁绊。

有人自这座城市走出,从此开天辟地。长沙人的先人一步,为新中国扎下了根。

这一次"三江笔会",我们参观了杨开慧烈士墓。在此之前,对于这位女烈士,我了解得不多,记忆中她的名字总是隐藏在开国领袖之后。但站在烈士墓前,听着她的故事,我才深刻地感受到,她不是谁的附庸,她的短暂人生本身就惊艳了岁月。

同行的作家朋友告诉我,杨开慧临死之前受了两枪,手指掐入泥土之中,满身血痕却一声不吭。看到她的照片的时候,我很吃惊。这么单薄、瘦小,安静得毫不起眼的姑娘,却有这般勇气,壮烈赴死。

我曾以为"辣妹子"的"辣"是泼辣的意思,可当我遇见杨开慧,我才知道她们的"辣",是埋藏在骨子里的勇。就好似湘江之水,看似平静无波、柔情万千,但也承载着古往今来的无数信念。

三、新,长沙的魂

如果说,长沙的过去是惊心动魄的壮勇诗篇,那么长沙的将来便是所向披靡的一马当先。

还记得当我们"三江笔会"的大巴车,行驶过湖南广电大楼的时候,车上的同行们都很激动,嚷着让司机开慢一些,所有人都将手机的摄像头对准了湖南广电。

其实,长沙闻名于全国,被现在的我们熟悉,这其中少不了大名鼎鼎的芒果台的一份功劳。我曾就职于江西广播电视台,听同行谈起最多的便是湖南广电。真的很难想象,同样是资源并不突出的中部内陆城市,却能够靠着"敢为天下先"的思想,成就如今的文娱帝国。

像我们这些八五后、九五后的网络作家,童年都是伴随着湖南卫视度过的。《还珠格格》《快乐大本营》……全部都是我们的童年回忆。听说湖南广电是在全国率先成立广电集团的机构,改革让全国人民都认识了这原本普通的地方电视台。

我第一次到长沙是一次采访活动，当地安排参观的是袁隆平爷爷的杂交水稻项目。他是我们江西老表，最终定居长沙。长沙这片永占先机的土壤，给予了他大放光彩的机会。之后，我辞职写作，也陆续合作了很多长沙的出版公司。看起来，这是一种缘分，但这又何尝不是因为长沙的各行各业都走在全国的前列？

先人一步看似简单，但这需要的是多少魄力与勇气？曾经，南方人因为身材娇小，大多被看作是文弱书生。但靠着心头的果敢与坚毅，我们一次次书写历史。革命的炮火率先在长江沿岸打响，文化产业也自长沙腾飞，或许正是因为这片火辣辣的土地养育着一群心中存着火种的人，才能够以星星之火照亮新中国的远大前程。

毛泽东先生在长沙写下了两首沁园春，在我看来，里面两句仿佛自问自答的豪迈词句，是长沙人自信、勇敢和创新精神的最好总结。

  问苍茫大地，谁主沉浮？
  数风流人物，还看今朝。

三江应作三杯酒，白云千里敬长沙

◇ 李涛

七月流火，八月未央。

兴许真的是感受到三地作家的参会热情，农历八月初的长沙，依旧是炎炎热日。

行程虽只短短两三天，想要与长沙来一场邂逅，却是足够的。

这是一场注定的邂逅，是一群人与一座城的邂逅。

在我看来，城市分两种，有文化底蕴的和没有文化底蕴的。

文化底蕴是一座城市的灵魂，灵魂是生命力的见证。一座没有灵魂的城市，哪怕高楼万丈起，也无非是一幢幢钢筋水泥混凝土建筑的生硬拼凑而已。

好看的皮囊千篇一律，有趣的灵魂万里挑一。

这句话套用在城市上，同样恰到好处。

长沙虽不是万里挑一，但长沙的灵魂无疑是有趣的。这种有趣，哪怕是浮光掠影匆匆一瞥，也足以惊艳你的视野，荡漾你的心灵。

笔会第一天，刚入住枫林宾馆，便在伴手礼袋中找到一本散文集《长沙的长，长沙的沙》。

翻阅几篇之后，室友和我感叹：传统作家的文笔确实细腻，总能把一些微末的细节，写得津津有味。

随即想起笔会之后，我们同样有一篇稿子要写。珠玉在前，压力顿时扑面而来。

是的，网络作家从文笔到思维方式，都是粗豪的。

粗豪是线条，如三江之水勾勒三座城不加描摹。

粗豪是性格，如三江之水绕城而过不为谁而停。

我愿将粗豪比作三江，化为三杯酒，千里敬长沙。

我这三杯酒，一杯敬天地。

天地造化，孕育湖湘山水奇和秀。从古至今，湖湘大地留下过无数文人墨客的足迹。湖湘大地的山山水水，通过无数诗词文赋、丹青妙笔，早已在中华版图中留下它独有的印记。洞庭山水翠，天地一青螺。洞庭一湖，集天地灵气，如造化生成，赋予湖湘大地更多灵秀。

天地造化，养育湖湘人民富与足。古语云：湖广熟，天下足。有道是民以食为天。华夏几千年历史，大多数时候，吃饭问题都是一等一的大事。湖广以其优越的地理和气候，成为全国重要的粮仓。用现在流行的话来说，算得上是老天爷赏饭吃。放眼回看几百年，湘江水中，"巨舰潜米，一载万石"，湖广富足，可见一斑。

天地造化，培育湖湘楚才灵与杰。自古楚地多才。将楚地比作一片星空，楚才比作灿星，那么楚地一定是一片璀璨繁华的星空。一个个耀眼的名字，都曾照亮过一个时代，造福过千秋万代。以蔡伦造纸为例,时至今日,世界人民还在享受着他的成果。

天地为大,当得起我这第一杯酒。

我这三杯酒,二杯敬先贤。

也许很多人不会因为一座城,记住某一个人。但有时候,我们往往会因为某一个人,记住某一座城。

如果非要在长沙这座城的记忆里找一个人,几乎每个人第一个念头都会涌起同一个名字。

我很少用独一无二这个词,但是这个名字,不管是对于长沙这座城而言,还是对于新中国而言,的的确确是独一无二的,毫无争议和悬念。

惟楚有材,于斯为盛。

只有这个名字出现在我脑海时,这八个字才是真正的名至实归!

伟人之所以伟大,是因为他顺应时代而生,最终改变了时代,带领着整个国家和民族突破困境,走出泥潭,挣脱黑暗,迈向光明。

伟人之所以伟大,是因为他重铸了一个民族的脊梁,重塑了一个民族的精神。健壮的肉身终会老朽,强悍的精神力量薪火相传、生生不息。

少年时,伟人励志:"埋骨何须桑梓地,人生无处不青山。"展现少年热血豪迈。

青年时,伟人重游橘子洲,留下宿命一问:"问苍茫大地,谁主沉浮?"仅此一问,足见青云之志。

壮年时,伟人经历长征,转战南北,呼应当年:"数风流人物,还看今朝。"胸襟抱负,至此毫无保留。

直至晚年,伟人建立千秋伟业,经历世事沧桑,依旧"可上九天揽月,可下五洋捉鳖,谈笑凯歌还。世上无难事,只要肯登攀"。老当益壮,不移白首之心。

庸人与伟人的区别便在于此。庸人附庸风雅,吟哦之后,过了也便过了。

伟人却能倾其所有,为一份信念,为一腔抱负,为一番大业,为一个民族,为泱泱华夏。

"为有牺牲多壮志,敢教日月换新天。"

谁曾想,后来的千秋伟业,都是当年的书生意气?后来的指点江山,都是当年的激扬文字?

湘江依旧北去,橘子洲头,伟人塑像敞开胸襟,凝视湘江。三江如作三杯酒,这一杯,伟人饮之,受之无愧。

我这三杯酒,三敬古与今。

长沙的历史辉煌,人文荟萃。长沙二字,始于西周。光这三千年历史,就给人以沉甸甸的厚重感。

春秋战国时期,长沙初具规模;秦一统天下后,长沙设郡;西汉时期,长沙封有长沙诸侯国。一代一代的历史传承,赋予了长沙底蕴。

屈原、贾谊、欧阳询、怀素……每一个鲜活的名字,都能让你想起那一段段对应的历史,以及那段历史中独特的人文气息。

如果有足够的闲暇,徜徉在岳麓书院,细心听,依稀间,仿佛能听到历史的脚步、琅琅的读书声。让人沉迷忘情之际,难辨古今。

近代中国，革命的钟声敲响。一个个革命先烈、英雄人物，逐渐走上历史舞台，改变着中华民族的命运。

长沙的古，厚重。

长沙的今，朝气。

长沙规划展示馆的数字沙盘、互动影像，将长沙的整体规划、发展成果、未来蓝图全部展示，让人直观明朗地看到了长沙作为全国一线城市整体的美，让人看到了长沙蓬勃发展的朝气，看到光明可期的未来。

这最后一杯酒，敬长沙的古今，也敬长沙的未来。这一杯酒，是对过去的致敬，也是对将来的憧憬。

如果人生总要醉那么一两次，我希望，让我举起酒杯的不是无聊的应酬，而是真正让我肃然起敬的某一时刻。

湘江、汉江、赣江，三江多有豪杰之辈，多有伟大时刻。三江若作三杯酒，我希望，你和我一样同醉过。

半江欢喜色,一山快活风

◇ 淦清(圣者晨雷)

> 一杯敬天地,一杯敬先贤,一杯敬古今。
>
> ——题记

我对岳麓山闻名已久。

岳麓书院的千年文气,爱晚亭的红枫诗意,都让我神往。只是此次长沙之旅,行程安排得非常紧,一直没有时间拜访。到了即将离开长沙的那天早晨,我实在忍不住,便独自早起,清晨五点多钟开始了自己的岳麓之旅。

离住处不远就是岳麓山风景区的东大门,穿过仿古关楼,顿时觉得恍若两界:关门之外是热闹的现代都市,哪怕是清晨也仍然不减喧嚣;关门之内却是静谧的山林,三两声的画眉娇啼更添逸趣。

"莫道君行早,还有早行人。"才六点左右,山道之上已经有不少人。几位老人健步如飞地走在我前面,比他们年轻二十多岁的我只能跟在身后望尘兴叹。偶尔遇到下山的老人,他们还会相互吆喝一声"到",有如学生报到、士兵点名。跟在他们身后的我,先是被吓得一愣,然后不免微笑。希望我到他们这

样的年纪时，也能有这样的身体、这样的精神。

再往山上走不久，一对年轻情侣超过了我。他们时而牵手喁喁细语，时而奔跑追逐，撒下一路笑声。哪怕偶尔山道拐弯处消失于我视野，但两侧的翠枝绿叶间，总有他们的笑声挂着，让独行的我脚步也轻松许多。

我本以为自己赶不上老人与情侣，但在山腰处的一块小广场上，我又看到了他们。老人们正在擦汗，而年轻的情侣在广场中的巨大石碑前拍照。这座石碑正面是龙飞凤舞的两个大字，我只认得一个"风"字，另一个猜来猜去，却仍然想不出来。

因为时间比较紧，我只在石碑前停留了片刻就继续上山。也不知是巧合，还是别的什么原因，过了石碑之后，山风开始大了起来。九月的长沙暑气未消，哪怕是清晨也闷热得有如蒸笼，但山风吹拂下，身上汗意渐敛，脚下也更加轻快了。

不知不觉，到了岳麓之巅，绕过一片小店，某家啤酒企业树起的海拔标识便出现在我面前。300.8米的海拔高度，实在不能说是高山，可为了爬到这里，花费了我不少时间与气力，一时之间，我不免有些失望。

就在这时，一个孩童的声音在前方响起："出来了，太阳出来了！"

孩子的声音里充满喜悦，这种欢喜最能感染人。我循声从小路绕了过去，看到一座观景平台，几个游人站在上边东望，其中一个六七岁的孩子，正指着天空，小脸兴奋得通红。

东方穹际，朝阳正在努力挣出云层。我刚看的时候，还只是露出小半张脸，但那喷薄出来的金色光芒，已将小半边天空装扮得极为绚丽。

在这绚丽的天空之下，则是壮阔的长沙城。

远处的湘江对岸，是看起来几乎与这岳麓山一样高的高楼。它们脚踩大地，头顶云层，仿佛只要站在这大楼之巅，伸手就可以穿透云层，触摸到云层之上的朝阳。晨雾如金色的纱帐，将它们笼罩，朦朦胧胧间，它们又像是上古传说中的建木，支撑着天与地，奋力扛起日月星辰。

稍近一些，湘江在朝阳的映染下，半江成了代表喜庆的金红——正如国徽的底色。在我的眼中，此时湘江中流淌的不是碧透的江水，而是凝脂与蜂蜜。即使是最高明的画家，用最好的油彩，也无法在画布上描绘出这样的光与影，更不能如同眼前实景一样，让我觉得仿佛是从天上裁剪下了一段火烧云，然后掷入到湘江之中。

在这片金色之中，就是传说中的橘子洲。我不熟悉长沙，无法判断这是橘子洲头还是橘子洲尾。环绕着的夺目光晕，也让我无法看清其上的景致。如果说此时的湘江如金红色的锦缎，那么橘子洲则如一枚藏在锦缎中的古代书简。它安安静静地卧在那里，你可以看清它的外廓，甚至能看到模糊的字迹，但却无法仔细辨识。你只能暗自猜测，其上暗藏了多少古老的典故和智慧，见证过多少前辈的激昂与意气。

再往近看，就是湘江西岸。我记得前日在参观长沙市规划馆时，曾经了解过长沙城的历史。湘江西岸原本远离长沙城的繁华，虽然是历史人文之地，却一直经济相对落后。但我眼前的湘江西岸，在经过湖湘子弟四十年的勤奋之后，已经旧貌换新颜。整齐的住宅小区，取代了当初的荒滩野岭，车水马龙的交通干线，也将湘江西岸与中心城区联系在一起。

这既在我意料之外，又在我意料之中。毕竟，这片土地之上工作与生活的，可是担负"天下不可一日无湖南"之责的湖南人，可是能够"新栽杨柳三千里，引得春风度玉关"的湖南人，可是敢于喊出"惟楚有材，于斯为盛"的湖南人。

然后我灵光一闪，半山腰间看到的那块巨型石碑上，我苦思不解的那个字，应当就是"惟楚有材"的楚字。

两字合一，便是"楚风"。

更让我欢喜的是，湘江这边，一片新城区崛起的同时，绿色却不见减少。

哪怕已近中秋，仍然是满眼皆绿。无论是住宅小区，还是道路两侧，或者是医院、学校、宾馆、商业区，从岳麓山顶向其望去，都少不了林荫环绕。人与自然，钢筋水泥与绿色森林，在湘江西岸这片新的城区中合而为一，如同湘江与赣江共汇于长江中，不再分彼此。

正是江南好风景！

我现在有些明白，为何杜甫晚年困居长沙时，会写下"夜醉长沙酒，晓行湘水春"，为何后来者杨基又会写下"我为长沙客，不醉长沙酒"。

醉与不醉，皆非酒也。

醉与不醉，皆长沙也。

此时风更大了。山风从背后吹来，在林间枝头掀起绿色的浪，同时也撩起我的衣裳，给我带来凉爽与快意。眼前是壮美的景色，人文与自然交相辉映，历史与未来融会贯通。我在这壮美之景前忍不住屏住呼吸，好一会儿之后，一句话出现在我的脑海之中：半江欢喜色，一山快活风。

长沙记忆

◇ 吴书剑

记忆是一种神奇的东西，你难忘的那个瞬间、那个城市，就是风吹雪压也湮没不了。

一座城，一颗心。因为一座城，留下了一颗心。长沙便是这样。

湘江北去，橘子洲头

江水悠悠，岁月不改。

橘子洲头，一代伟人毛主席青年雕像庄严肃穆地眺望着，看长沙的山水，看长沙的四季，看长沙的时代变迁。

青山绿水、风雨不改的是长沙的风貌。公园满眼的碧绿，抬头望天是蓝天与白云。橘子洲头，老人孩子悠闲漫步；橘子洲头，马儿牛羊悠闲吃草；橘子洲头，九月的桂花已送来袭人的香气。如此青山绿水相拥，如此蓝天白云相伴，让人不由得浮想联翩，何妨躲进小洲成一统，管他春夏与秋冬。

夜晚上灯了，橘子洲头却是另一番光景。灯火璀璨的大街，流水似的车子肆意驰骋。橘子洲头，烟花在夜空徐徐绽放，音

乐喷泉在炫目的光彩里出场。路灯慵懒，失色地仰望这惊艳了半空的五色缤纷。江水悠悠，水天一色，人不由得产生一种错觉，不知是烟火绽放在空中，还是潜入湘江水底表演的妖艳之姿了……

千年学府——岳麓书院

岳麓书院，走过宋朝的词，听过元朝的曲，踏过明代的史，历经了清代的兴衰。千百年来，弦歌不绝，也因其历史悠久，落了个"千年学府"的美誉。

走进书院的大门，单看那斑驳模糊的牌匾，你定会明白这个书院历经了多少历史、多少个春秋光年了。青色的瓦片，白墙红柱伫立千年，见证了千百年来的沧桑旧迹。古朴庄严的殿堂亭榭，参天古树的叶子上有阳光洒下的光点。从国学大师王文清等，到理学大师朱熹等，再到郭嵩焘等湖湘学者，历朝历代书院中无不浸染着读书人的千秋家国梦。他们的治学事迹光耀千秋，圣言依稀响在耳畔。

书院的长廊深深，不知深几许。我们扶着红柱，踏着脚下青砖，感受历史的久远，幻想穿着古代的衣袍穿越到了曾经的宋元明清时代。讲堂上朱熹的四字真言，"忠"、"廉"、"孝"、"节"，历经千秋万代，其精神传承不改；那"实事求是"的牌匾，亦是我们后人应当一直秉承的工作作风。

半学斋，古朴而宁静；御书楼，藏书古籍多。教学斋、百泉轩、文庙、静一斋……这些院落层层递进，气势恢宏，庄严而神妙。院落都是灰暗陈旧的，但历史却是久远的。置身院落，全身毛孔张开，你呼吸到的全是旧时光的味道。

怕书看多了，累及眼神，这时不妨去园林里走一走。去赫曦台走走，感受一下曲廊回环的风光。去来爱晚亭小憩，赏一赏那燃烧似火的红枫。或去自卑亭，去风雩亭，去吹香亭，看池塘鱼儿嬉戏，赏荷叶"接天莲叶无穷碧"的美。

舌尖上的狂欢

"杨裕兴的面，徐长兴的鸭，德园的包子真好呀。""和记的粉，半雅亭的面，火宫殿的小吃香又辣。"就像民谣里传唱的那样，吃货们来这儿，可以享受一场舌尖上的狂欢盛宴。

这么多美食当道，完全可以说是成就了吃货们的梦想：住在食家庄，日日食全食美，夜夜"碟碟"不休。

臭豆腐状如青色小方砖，一小块一小块在碟里散发出发酵的臭味，不过吃起来却是芳香松脆。姊妹团子小家碧玉似的，白白净净，吃起来却是糍糯柔软、鲜甜可口。糖油粑粑圆溜溜的，如同一个个生蛋里的鸡蛋黄，吃一口，黄而不焦、软而不黏，那香中带点甜，甜入人的心里。牛肉徽子里细小的牛肉在汤里洗个澡，尝一下那肉嫩嫩的，还有香酥的味道，徽子则在汤里吸足牛肉的汤汁，让人味蕾大开，吃完之后仍旧回味无穷。

还有好多好吃的，随便走一走，从山头可以吃到山尾，从街头可以吃到巷尾，只要胃容量够大，只要不怕撑，就可以好好地享受这一场舌尖上的狂欢。

大隐隐于市的"红色革命"

岳麓山,群峦叠翠,古木参天。除了"千年学府"——岳麓书院坐落其中,还有号称"汉魏最初名胜,湖湘第一道场"的古麓山寺、道家二十涧真虚福地的云麓道宫,那地处青枫峡的四大名亭之一爱晚亭,更是风景绝佳之地。

爱晚亭,名字来源于杜枚的诗句《山行》:"停车坐爱枫林晚,霜叶红于二月花。"毋庸置疑,入秋时分,此地红枫似火,尤其是秋意正浓,踩一地红枫,看叶子在风中舞蹈,不失为一种特别的美。

远看爱晚亭,似凌空欲飞。亭形重檐八柱,琉璃碧瓦,亭角飞翘。近看内为丹漆圆柱,外檐四石柱为花岗岩,亭里彩绘藻井,流光溢彩。亭楹高悬的红色鎏金牌匾——爱晚亭,是毛泽东主席所书的手迹。据说,毛泽东主席在青年时代,在第一师范求学,常与一些爱国人士在爱晚亭纵谈时局、探求救国救民的真理。

在岳麓山北门,东临湘江西岸,还有一处红色革命根据地——新民学会成立会旧址。在这儿,举目可见青青的瓦、白白的墙、古老的树,浅蓝色石柱、乌木色篱笆、绿绿的菜畦。时光流转,我们仿佛能感受到在那个动荡的革命时代,一群满腔热血的青年,怀着忧国忧民的革命情怀,在一起探讨醒世救国的真理。

他们没有物质利益,只有对祖国的救赎。

他们没有物质利益,只有匹夫有责的担当。

这个地方就是革命发源地,这个地方就是红色革命的源头。

问苍茫大地,谁主沉浮?正是他们,为祖国人民谋得了一条新生的路。

尾声

长沙,一个红色革命、伟人辈出的地方;

长沙,一个舌尖上让人味蕾绽放的地方;

长沙,一个"惟楚有材,于斯为盛"的才子宝地;

长沙,一座文化古城,一个令人魂牵梦绕的地方。

虽然我离开了长沙,但是记忆却永远在我脑海留存。

南昌

爱上一座城

◇ 夏言冰

爱上一座城,是因为城中住着某个喜欢的人。其实不然,也许是为城里那一道生动的风景。

印象里,长沙于我并不陌生,但是每一次来都有着不同的经历、不同的感受。不论是文字、历史还是风景,那融化在骨子里的精神与信念,始终让我情不自禁。

九月的长沙真的是美丽极了。

褪去了盛夏的暑热,长沙展示出它独特的魅力。满目的香樟树簇拥着这座历史悠久的文化名城,母亲河湘江滔滔南来、汩汩北去,将整座城揽在怀里。两岸赤壁如霞,白砂如雪,垂柳如丝,樯帆如云。古城新姿,在文人墨客的眼中,不知要被传颂成怎样的篇章,流芳百世。

"独立寒秋,湘江北去,橘子洲头。"橘子洲十里长岛,浮于江心,凌波长桥,横贯东西,如一颗宝石镶嵌在碧波荡漾的湘江之中,璀璨古今。毛泽东青年艺术雕塑巍然屹立在岛中央,深邃地注视着这座城。

遥想那个火热的年代,这位伟大的领袖在长沙求学、工作、从事革命活动,经历了叱咤风云、如火如荼的峥嵘岁月,度过了风华正茂、意气风发的青年时期。他或独自屹立洲头,指点江山;或携伴侣同游,求索真理;或徜徉在橙黄橘绿之中,激扬文字;或遨游于波峰浪谷之间,击水中流。

广阔的楚天,成就了一代伟人的丰功伟绩,也为这座城贴上英雄的标签。

"西南云气来衡岳;日夜江声下洞庭。"整饬一新的望江亭重檐攒尖顶,覆淡黄琉璃瓦。整体平面呈"凹"字形结构,似金凤展翅,典雅庄重。

"俯仰客兴怀,任平章一亭风月;沉浮民作主,凭管领千古江山。"亭内宽阔的草坪,被枫树和香樟围住,沐浴在层林尽染之下,仿佛在默默地陈述着这段红色经典。

伫立湘江岸边,聆听涛声依旧,身披秋光融融,细闻橘桂飘香。沿岸杨柳依依,岛心硕果累累。秋风过处,落英缤纷,树影婆娑,游人熙熙攘攘、络绎不绝,或漫不经心四处游逛,高谈阔论,或闲情逸致散坐于密丛深处,窃窃私语。

举目远眺,一桥飞架两岸,疑似巨龙飞越湘江。桥下波光粼粼,桥上车水马龙。凝眸处,水光交相辉映,令人眼花缭乱。

正可谓,风抚柳而百鸟齐欢,人尽悦而万物共醉。

"南岳周围八百里,回燕为首,岳麓为足。"岳麓山是长沙的脊梁。走进山门,游人如织,宽阔平坦的甬道在脚下延伸,浓密翠绿的树荫在眼前舒展。

初秋的天空,阳光温润,洒在每个人的脸上肩头,滋润着人们的每一寸肌肤,柔情似水。新鲜的空气,馨香怡人,进入

五脏六腑，激活了身体的每一个细胞，沁人心脾，不知不觉加快了行进的脚步。

渐行渐远，曲径通幽。人迹罕至处，只见古木参天，浓荫蔽日，鸟鸣山幽，暮霭沉沉，不禁欢喜雀跃、喜不胜收。感恩大自然慷慨赐予的天然氧吧，能够在繁华喧嚣的都市之中，超凡脱俗，遗世独立。于是，便深深地享受这份静谧与安然，岁月静好，现世安稳。

"青山处处埋忠骨。"岳麓山是丰富的，也是厚重的。辛亥革命后，黄兴、蔡锷等仁人志士的遗骸长眠于此。今日登临，心怀敬畏，倾心膜拜先辈舍生取义的高洁，全神静默血阳丹枫深处的忧伤。

"出径晚红舒，五百夭桃新种得；峡云深翠滴，一双驯鹤待笼来。"在星星点点桂花吐露馨香的陪伴中，峰回路转，一路下行，著名的爱晚亭便在眼前了。

爱晚亭重檐八柱，琉璃碧瓦，亭角飞翘，自远处观之，似凌空欲飞状。内为丹漆园柱，外檐四石柱为花岗岩，亭中彩绘藻井，东西两面亭棂悬红底鎏金"爱晚亭"匾额。

据说，匾额是由当时的湖南大学校长李达请毛泽东主席手书"爱晚亭"制成的。亭内立有一块石碑，上刻毛主席手书的《沁园春·长沙》诗句，笔走龙蛇，雄浑自如，更使古亭流光溢彩、锦上添花。

小憩于亭下，想起杜牧的"停车坐爱枫林晚，霜叶红于二月花"。只是此时季节尚早，红叶还没有诗中的样子，有一点小小的失意。心想着，待到深秋初冬，定有万山红遍、层林尽染之美景，却仍十分喜欢这个地方。

抬首远眺，在古木参天的岳麓山下，在浓荫蔽日的峻岭之间，在依山傍水的湘江西岸，一片典雅、庄重的古建筑群若隐若现，世人瞩目的"四大书院"之一——岳麓书院，如海市蜃楼般浮现在眼前。

"惟楚有材，于斯为盛。"走进岳麓书院，禁不住对中华文化的博大精深叹为观止，历经千年风雨，沉积在岳麓书院各种建筑上的浓厚的文化气息，使这座古老的建筑群充满了文化的魅力和时光的印记。眼前的每一组院落、每一块石碑、每一枚砖瓦、每一支风荷，都闪烁着时光淬炼的人文精神，成为这座"千年学府"的历史见证。

纵观中国文化史，像岳麓书院这样的书院已是凤毛麟角，它集天道、地脉、人缘、文气于一体，树人无数，兴盛千年，这是中国文化的幸事，也是湖南人的幸事。想来，大概也是因为这座书院或直接或间接的影响和力量，湖南的"兴邦人杰"才会如此密集、如此茂盛。

少年兴则国兴，少年强则国强。今天的岳麓书院已经成为湖南大学的文史哲人才培养和研究基地，传承着中华民族的悠久历史和文化精髓。它不单成为湖南省著名的旅游胜地，更是整个长沙市的文化窗口和历史名片。

几经长沙，这座城早已铭刻于心。今日重来，不论它的过去、现在，还是未来，于我都是不可错过的曾经。从远古时代，形成氏族部落，到殷商之世，迈向春秋战国；从鼎立三国，跨越贞观之治，到洗尽唐宋明清，战胜日寇外侵……千百年来，长沙人杰地灵、英雄辈出。它在我心里，早已不单单是一座城，而是一座时代的丰碑。

从繁华古城到断壁残垣，从一穷二白到成就"媒体艺术之都"。历经三千年风雨，它城名不更、城址不改，经世致用，兼收并蓄，凝练出"心忧天下，敢为人先"的长沙精神，传承千秋万代。

爱上一座城，或许，仅仅为的只是这座城。就像爱上一个人，有时候不需要理由，没有原因，无关风月，只是爱了。

与山相逢

◇ 杨宝珍

在神的字典里，行与路共用一种解释

——题记

树树秋色，山山落晖。

看着窗外的景色，我不由得身子前倾，欲把这可爱的秋色、秋韵纳入囊中。

"三地作家看长沙"，我们一直在走。从一条路走向另一条路，从一个地方走向另一个地方："三馆一厅"、浔龙河特色小镇、田汉文化园、杨开慧故居纪念馆、锡福村。或大气磅礴，或人文气息浓郁，或令人唏嘘感怀，或桃花源般鸡犬相闻、恬淡平和。此行养眼怡心收获良多，然而我又似乎总觉得意犹未尽，仿佛有什么事未完成。是什么呢？

漫步湘江畔，夜行岳麓山，赏枫爱晚亭……一入住枫林宾馆，我脑中就浮现出这些美妙的场景。

餐后，在门口巧遇同桌用餐的武汉作家伟哥龙哥出门散步，遂作"三人行"。我们任悠悠然穿街过堤，漫行于湘江大桥。举头时，岳麓山在万家灯火后隐约可见；低眉处，湘江北去，橘子洲头。

采风行程紧凑，眼看次日就要返程，想起岳麓书院和爱晚亭近在咫尺却未造访，不觉心中怅然。放眼望去，但见青山隐隐，秋水迢迢，虽说秋浸江南，毕竟草木未凋。车返住地途中我提议夜游岳麓山。

临出门时，室友晓蓉再三叮嘱带件秋衣。她说时近中秋，山上风凉。我拎起柠檬色薄衫就往外跑。

原以为这趟山行会是湘赣鄂三地作家呼朋引伴的一次壮游，我脑中甚至闪过这样的镜头：夜游小分队剪开夜色，浩浩荡荡挺进岳麓山，又说笑着奔向心仪已久的爱晚亭。秋露将枫叶沁得清凉，大家自由散坐着，听风，听花香在林中飞翔。有人即兴吟诵："停车坐爱枫林晚，霜叶红于二月花。"有人遥指一勾新月，说："你能够与我一同笑看。"有人亮嗓开唱："望着月亮的时候，常常想起你。想起你的时候，就望着月亮……"

事实是，没有一群，只有两人。想打电话再邀两个，想想罢了，网络作家要完成日更，传统作家得会老友……还能有伙伴应邀成全，已经要谢天谢地了。

说是山行，其实如履平地。上山下山的人真多啊！有稳步健行的老者，有三五成群的青年，有携手同行的家人，也有甜蜜亲昵的情侣……熙熙攘攘，摩肩接踵。长沙的居民，外地的游客，为何都扎堆来此山行呢？

"惟楚有材，于斯为盛。"这对联透出何等的文化自信。走在岳麓书院旁边，既能洗肺和锻炼身体，又能开启心门，近距离感受千年学府恭谨朴实的治学之风，熏习到王阳明、朱熹等心学大家遗留的一脉书香，何乐而不为呢！

走得急了，额头渗出细密的汗珠。一放缓脚步，我又被动人的夜色黏住视线：缆车兀自横在夜空，路灯把一棵棵树照得金黄，叶子施施然飘落大地……我的镜头可真忙呀，热闹地捕捉着，想要留下它们的倩影。路上擦肩而过的人，也学我们举着手机，蹲、站、侧、仰，寻找着合适的角度，摄下撞入眼中的那份心动。

是谁说过，语言终结时，恰恰是艺术的开始。后来我重看那一张张照片，不由感叹我这菜鸟技术，竟拍出了搜尽枯肠也形容不出的美。尤其有一盏圆圆的路灯，在叶的掩映与光影及夜色的作用下，俨然一轮满月栖落树梢，柔柔的光晕，映照得天朗地和、万物安宁。

真要感谢这夜色。真得看重这夜色。

其实很多个白昼，我们都像在走夜路。周围人来人往、欢快热闹，一眼望去，个个似曾相识，又多半面目模糊。也许，一个行走在和风丽日中的人，很可能正苦苦挣扎于心魂的黑暗与迷茫中。与之相反，此刻我们在夜色中行走，山树朦胧，夜色架桥，我们或能轻易回归自心自性，看见那个真我本色似雪、素心如梅。你瞧，此刻路上行走的人多么自在闲适。我觉得我在白昼看重的，此刻都无足轻重。房子、孩子、车子，顺其自然好了；爱美如我，也完全放下了对美的执着，头发洗完就出门，完全不做造型，干净就是美；衣裳呢我穿着素布旧衣，不讲究时尚优美，亲肤就好；鞋子是要同土地亲密接触的，所以我穿布鞋，免得硌疼脚下的土地。

微风拂面，路随我走。

同行的伙伴当过特警，据说拳脚功夫了得，可以一当三，这让我感到格外安心。他面容严肃、不苟言笑，其挺拔又略显

孤独的背影，常常让我想起《红海行动》里那些奔走在枪林弹雨里的战士。夜色把他还原成一个朋友，温和且热心，替我拿手上多余又舍不得丢掉的线衫，陪着我走路聊天；有时他又变成一个保镖，好心提醒我注意安全，细心关照我的安全。路上来来往往的人，也都面目可亲，见之欢喜。这使我不由地心生感恩，感恩人与人之间这凑巧的藤葛，友善的相逢。

如果说慈悲的人是一座行走的寺庙，那么此刻我眼前的草木，就是一座座生长的寺庙，默默无声地吐露着慈悲和清凉，供养天地，供养有缘经过的众生。

夜色中最吸引我的，是一盏盏光，橘黄的、金黄的光，静静洒落在树叶上。树叶又浓又密，一片一片，一层一层，一簇一簇……聚满了光。这些叶子啊，好像完全是吃着光长大的。看，这光多像水，不着痕迹地滤去叶上的杂质、灰尘、伤痕以及不甚明了的心事；这光多吉祥，使叶子们越发洁净和柔美，无论从哪个角度看，都那么纯粹朴素、明亮温暖。

光们站在树梢，隔一段距离就亮一盏，一盏一盏地接力，引我们一步步向前走，向上走……

夜深篱落，一灯长明。

喧哗都退去了，只有风拂过发丝的声音，只有脚丈量大地的声音。终于登顶了。欣然四顾，这座城，如一幅中国画，浓淡相宜，虚实相间，令人心旷神怡、浮想联翩。

回去的路上，我叹息道，岳麓书院闭园了，爱晚亭也没去成，山行两个半小时，一个景点都没看到。但一转念，我便释怀了。岳麓夜行，我们与山相逢，时时走在风景里，每一环顾，皆竹木环绕；每一步履，皆气静心闲。

我忽然想起一个故事。魏晋时的一个冬夜，雪花纷飞，盈盈三尺，王徽之忽然想起了戴逵，立即划着小船前去拜访。"四望皎然，经宿方至。"晨光熹微，王子猷走到了戴安道家门口，却没进去就返回了。

无独有偶，明代高启的《寻胡隐君》也抒发过类似的情怀：

渡水复渡水，看花还看花。
春风江上路，不觉到君家。

乘兴而行，兴尽而返。

是夜我虽非访友，然彼时彼刻，我的心境大概和王子猷、高启两位先贤毫无二致吧。

恰同学少年，似湘水柔情

◇ 江叶辉（野玉丫头）

童年印象里的湖南

我生于罗霄山脉中段的莲花县，很多人可能没听过莲花这个地方，但一定吃过我们那里的特色名菜——莲花血鸭。之所以提到我的出生地，是因为我故乡的地理位置非常微妙，处于319国道上，往南走几步就是江西省的永新县，往西走几步就是湖南省的茶陵县，恰是两省交界处。

我老家与湖南到底有多近？提到这个，忍不住想讲个故事。

十多年前，我们那儿的人流行南下广东打工。有一年，一位同乡衣锦还乡后，在村里选了块地，建了幢三层小别墅。无论是外部建筑的欧式风格，还是室内花费巨资的奢华装潢，都让村里人叹为观止。这位同乡听到大家的称赞后，心里也颇为自得。用我母亲的话讲，自从盖了新楼后，他走路都是飘的。可好景不长，这位同乡很快就变得愁眉不展。问其原因，才知道他家新楼的选址出了问题：盖楼用的地确实是村里的地，但小楼里的电话信号却一半是湖南的,一半是江西的。那时移动通信的几大运营商还没有取消漫游费,收费可不便宜。自此,我们村的人就时常会看到让人啼笑皆非的一幕:只要手机一响起,那位同乡就得往房子的另一头飞奔。

我第一次真正知道湖南,大约五岁。小时候物资不丰,娱乐活动也不多,爷爷喜欢带着我和弟弟打陀螺。有次打陀螺时,爷爷不小心把一个圆圆的小东西掉在地上,他很紧张,不仅立马捡起来,还用袖子擦了一遍又一遍,然后才郑重地别在胸口。

弟弟好奇地问爷爷,那是什么。爷爷说那是毛主席像章。弟弟又问,毛主席是谁啊?爷爷指着老屋外墙上"毛主席万岁"几个红色大字,告诉我们,毛主席是个很伟大的人,没有他就没有新中国,更重要的是,他还是我们隔壁的湖南老表。我问爷爷湖南是哪里?爷爷笑着骂我傻,说你二舅婆家不是在茶陵吗,那里就是湖南。年幼的我,喜欢打破沙锅问到底,非要爷爷给我讲清楚,为什么茶陵又叫湖南。爷爷费了很多口舌才让我明白,原来湖南比茶陵大,茶陵隶属株洲,而株洲隶属湖南。后来,爷爷就时常和我们讲毛主席的故事,当然,偶尔也讲他自己少年时期参军的故事。

长沙之于我,一直是个传说

更进一步了解湖南,乃至长沙,是在我七岁时。那年,爷爷突然病重,被家人匆匆送往长沙的湘雅医院。爷爷住院那几个月,家里的人慌作一团。记忆中,我曾很多次听村里人安慰我的家人:"没事的,湘雅医院那么好的医院,一定能治好。"

他们说起湘雅医院时那种充满信任的语气,我至今都忘不了。似乎在他们的心里,湘雅医院就代表了权威,代表了奇迹。那时的我,当然希望湘雅医院能创造奇迹。可我的爷爷,最终还是离开了我们。那是我第一次体会到什么叫人力有穷时。

故而,长沙,于我心里,在很长一段时间,都代表着死别。

九岁那年,我家买了第一台彩电,我和弟弟开始借着那个小盒子慢慢了解外面色彩斑斓的世界。最初没有开通有线电视,所以信号时有时无,电视频道调来调去也只有中央1套、江西1套、湖南1套等几个,但我和弟弟依然很快为此着迷,并多次为了抢夺遥控器而争吵不休。他最喜欢中央台的《大风车》,我最喜欢湖南卫视的《快乐大本营》。

我喜欢李湘的甜美酒窝,喜欢何炅的睿智大方,也喜欢维嘉的风趣幽默。尽管那个节目时常请来很多当红明星做嘉宾,但年少时的我,一直觉得那三个主持人才是明星中的明星。因为喜欢他们,所以更喜欢长沙。

这一喜欢,就是很多年,从九岁到十七岁,每一周的《快乐大本营》都不曾落下。

大学毕业后,我曾在北京工作过一段时间,北方的菜大多不怎么放辣椒,而我又是一个无辣不欢的人,于是乎,一到周末,就拉着好友满大街地找湘菜馆。

人们的传统观念里,认为最能吃辣的三个省是四川、湖南、江西。四川是"怕不辣",湖南是"辣不怕",江西是"不怕辣"。但这么多年以来,我遇到过的很多四川人和湖南人,都没有我能吃辣。

还有太多人、太多事,都和湖南有关,和长沙有关。

我喜欢长沙，可我一直不敢去长沙。

可以说，长沙，一直都是以各种传说的形式出现在我的生命里。

午夜梦回，恰同学少年

2018年8月底，南昌市网络作协主席阿彩，在微信上问我能否参加9月中旬在长沙举行的"三江笔会"。那一瞬间，不知为何，我的心颤了颤。终于，要去长沙了吗？

"三江笔会"自2013年起，每年举办一次，2018年为第六届。所谓三江，即赣江、汉江、湘江。这三条江就好比南昌、长沙和武汉这三个城市的魂与血。

9月13号下午，我们南昌市作协一行十人下了高铁，坐上长沙市作协安排的大巴车，穿过陌生的街道，驶过橘子洲大桥，来到岳麓山脚下，与来自长沙和武汉的二十多位作家朋友们，怀着对文学的热爱齐聚一堂，共同探索生命的意义与艺术的升华。

直到入住酒店后，我站在玻璃窗前，看着窗外岳麓山上郁郁葱葱的参天大树，遥想着不远处历经千年而弦歌不绝的岳麓书院，才真实地感觉到，我确实来到了长沙，来到了这座我向往已久的历史文化名城。

这里有我喜欢了很多年的湖南卫视，更有传承中华文明的马王堆汉墓、三国吴简、铜官窑、西园北里等历史遗迹。这里是新民主主义革命的策源地和发祥地，孕育和走出了曾国藩、左宗棠、谭嗣同、黄兴、蔡锷、毛泽东、刘少奇等历史名人。

这一切的一切，叫我如何不欢喜？

短短三天里，从长沙博物院看到了这个城市的磅礴大气；在毛泽东与杨开慧故居感受过两位传奇人物那段心意相通、朴实无华的爱情；在田汉文化园里领略过老一辈艺术家的旷世风采；西园北里，白墙黛瓦、麻石巷道，无不透着几分旧时名门的风流；在杨开慧板仓故居，我特别羡慕她，真的，我羡慕的不是她嫁了天下第一等的男人，而是羡慕她有一个特别了不起的父亲——那位一心"欲栽大木拄长天"的杰出教育家杨昌济先生。

时间太短，行程安排得再满，也看不完我心里的长沙。

15日晚，白天的集体行程完成后，听长沙市作协的接待人员讲，酒店不远处，就是毛泽东同志多年前豪情挥墨写就"问苍茫大地，谁主沉浮"壮志的橘子洲头。

于是这一晚，我在湘江边的杜府江阁，迎着徐徐夜风，望着江心的橘子洲，站了许久，浮想联翩。

想得最多的还是那些曾在长沙求学的意气风发的少年们。谁不曾年少呢？

一直站到半夜12点左右，出于安全的考虑，我才依依不舍地回了酒店。

旁人问我在那干什么。我回，在等烟火。

等一场消逝在历史潮流中的烟火。

后 记

秋高气爽、惠风和畅的日子里,来自南昌、武汉、长沙三市的三十位作家,相聚在麓山脚下、湘江之畔,开展第六届"三江笔会"。笔会期间,三地作家把深入了解湖湘文化的过程,思想和艺术的火花交流碰撞的过程,情谊升华的过程,并把笔会带来的新体验、新感悟和新收获,融入到高质量的创作当中,撰写了大量文学作品。我们将这些作品收集起来,编辑出版。

上下九千年,纵横十万里。长江以博大的胸怀、磅礴的气魄,演绎了多少英雄故事,谱写了多少壮丽史诗。赣江、汉江和湘江是长江的主要支流,南昌、武汉和长沙是长江流域的历史文化名城,渊源颇为深厚。三大省会城市的文学界更是"文字缘同骨肉深"。这次三地作家走出书斋,走在贾谊、欧阳询曾经走过的路上,感受历史的厚重,感受新时代的变迁,搭建起长江流域中部城市共同发展的桥梁。我们相信,这种文学交流的尝试会一届一届地传承下去。

该书的编辑出版,得到了三个城市的文联和作协的大力支持。在此,我们表示由衷的感谢。由于时间仓促、沟通有限,该书在编辑过程中,不可避免地存在缺点和不足,敬请批评指正。